D1149880

Petit déjeuner compris

Éditrice-conseil: Sylvie-Catherine De Vailly
Infographiste: Johanne Lemay
Conception de couverture: Nancy Desrosiers
Photo de l'auteur: Julia Marois
Photos couverture: Shutterstock
Correction: Joëlle Bouchard

DISTRIBUTEUR EXCLUSIF:

Pour le Canada et les États-Unis:
MESSAGERIES ADP*
2315, rue de la Province
Longueuil, Québec J4G 1G4
Téléphone : 450-640-1237
Télécopieur: 450-674-6237
Internet: www.messageries-adp.com
* filiale du Groupe Sogides inc.,
  filiale de Québecor Média inc.

05-14

© 2014, Recto/Verso, éditeur
Charron Éditeur inc.,
une société de Québecor Média

Charron Éditeur inc.
1055 boul. René-Lévesque Est, bureau 205
Montréal, Québec, H2L 4S5
Téléphone : 514-523-1182

Tous droits réservés

Dépôt légal: 2014
Bibliothèque et Archives nationales
du Québec

ISBN 978-2-924259-67-2

Gouvernement du Québec – Programme
de crédit d'impôt pour l'édition de livres
– Gestion SODEC –
www.sodec.gouv.qc.ca

L'Éditeur bénéficie du soutien de la
Société de développement des entreprises
culturelles du Québec pour son programme
d'édition.

Nous reconnaissons l'aide financière du
gouvernement du Canada par l'entremise
du Fonds du livre du Canada pour nos
activités d'édition.

SYLVIE
PAYETTE

Petit déjeuner compris

ROMAN

RECTO
VERSO

Une société de Québecor Média

C'est pourquoi, même ici-bas, il faut dire que la beauté consiste moins dans la symétrie que dans l'éclat qui brille en cette symétrie et c'est cet éclat qui est aimable.

PLATON

Le maquillage sert à créer la symétrie du visage et à lui redonner l'éclat de la jeunesse.

SYLVIE PAYETTE

Chapitre 1

En ce début décembre, le froid cinglant battait des records et il faisait noir dès la fin de l'après-midi. Le vent s'engouffrait partout où il le pouvait : sous les vêtements, les manches, les bas de pantalon, ou dans cette ouverture de quelques millimètres entre le col et l'écharpe. L'hiver serait long et glacial cette année-là, et je déteste le froid.

Quand je suis sortie du studio, le gardien m'a avertie :

— Attention, mademoiselle Vaillancourt, il fait moins vingt avec le facteur de refroidissement...

Je fermai mon manteau, fis un deuxième tour avec mon foulard, mais il n'y a pas grand-chose à faire pour se protéger quand le mercure et le nordet décident de s'associer pour tout geler sur leur passage.

Ma voiture était frigorifiée, abandonnée depuis le petit matin, elle menaçait de ne pas démarrer. J'ai dégagé la neige tombée plus tôt. La température avait drastiquement changé durant la journée. J'ai réussi à ouvrir la portière après un peu de résistance. Le siège de cuir a craqué sous le poids de mon corps et j'ai frissonné.

Un peu plus loin, deux caméramans m'ont fait signe qu'ils attendaient que je démarre avant de monter dans leur camionnette. Par ces froids, la solidarité est toujours de mise. On ne laisse pas une personne seule par un temps semblable. J'étais reconnaissante, parce que s'il avait fallu que je reste prise dans le parking, je me serais mise à hurler. Voilà pourquoi l'abominable Homme des neiges crie à tous vents, il gèle, le pauvre ! pensai-je en riant doucement.

C'est peut-être pour cette raison que nous sommes un peuple chaleureux. Nous savons nous entraider quand la météo l'exige. Le reste du temps, nous faisons notre petite affaire, chacun pour soi. Un grand froid ou une catastrophe arrive et nous sommes liés les uns aux autres, comme une grande famille.

Je leur fis signe que tout allait bien. Le moteur roulait et la ventilation avait envoyé un nuage de neige sur le tableau de bord. Je grattai un peu la vitre à l'intérieur et mis le chauffage au maximum pour dégivrer. J'allumai aussi mon siège pour le réchauffer, dans quelques minutes la température de l'habitacle serait raisonnable, en attendant, souffrons en silence.

Je nettoyai le rétroviseur embué avant d'allumer le plafonnier pour me regarder. J'ébouriffai mes cheveux blonds, replaçai la longue frange que je laissais tomber négligemment sur mon œil gauche. J'étalai sur mes lèvres bien rondes, mais sèches, un baume pour les hydrater. Je m'assurai que le mascara n'avait pas coulé. Mon nez un peu retroussé était toujours rouge lorsqu'il faisait froid, alors je l'ai frotté doucement avant de me mettre en route.

Après une journée épuisante en studio à maquiller et à retoucher l'animatrice un peu défraîchie de l'émission *Questions sans réponse*, j'allais enfin rentrer chez moi. Cette femme ne supportait plus de se voir à l'écran, et il fallait la réconforter et la rassurer chaque fois qu'elle se regardait dans le moniteur, ce qui avait fini par m'exténuer complètement. Le maquillage aide beaucoup, l'éclairage aussi, le réalisateur fait des miracles, mais personne ne peut effacer totalement les marques du temps.

Je ne pensais plus qu'à la chaleur de mon appartement, mon divan, mon pyjama et mon chien, Gauguin.

En sortant, alors que je roulais hors du parking, le gardien me lança son habituel :

— Bonne soirée, Mario !

— Merci. À vous aussi.

On m'appelle Mario depuis qu'une erreur de frappe s'est glissée sur mon premier horaire de travail. On y avait écrit Mario au lieu de Marjo, pour Marjolaine. Ce surnom m'est resté et je m'y suis habituée.

J'étais satisfaite de ma journée, l'enregistrement avait plutôt bien été. Je suis maquilleuse pour le cinéma et la télévision. Mon plaisir, c'est tout simplement de donner confiance à ceux qui passent entre mes mains. Quand la personne se regarde dans le miroir, se sourit, relève la tête et que je vois ses yeux s'illuminer, alors mon travail est réussi.

Certains diront que c'est le summum du superficiel, mais selon moi c'est un art, et s'il est bien exécuté, il peut redonner l'estime à quelqu'un qui se sent mal dans sa peau, comme cette ancienne comédienne reconvertie à l'animation, qui voit les années s'incruster. L'écran est cruel, il vous rappelle constamment que votre temps passe trop vite.

Je n'ai pas choisi mon métier, c'est le hasard qui m'a conduite dans les studios, mais j'adore ce que je fais.

Je suis arrivée chez moi sans encombre. La circulation était dense, mais comme j'habite à une dizaine de minutes du studio, je ne suis jamais prise dans les bouchons comme ceux qui doivent sortir de la ville.

Une place mal déblayée mais située juste devant la porte a fait mon affaire, et j'ai stationné la voiture en prenant un élan pour m'enliser dans l'espace juste assez grand pour mon véhicule… Hourra ! Le lendemain, je verrais si je devais pelleter ou pas.

Certaines journées sont plus difficiles que d'autres, et mon travail est parfois assez épuisant, je l'admets. Celle-là avait compté pour deux.

Voilà, j'avais mérité cette soirée tranquille. Je n'avais qu'un désir : me faire un plat de macaroni au fromage maison. Pas de ceux qu'on trouve en boîte, non, un vrai, réconfortant, crémeux, moelleux.

Comme chaque fois que je rentrais chez moi, j'ai été accueillie dans la joie. Quand on a un chien, on n'est jamais seule. En plus, il est toujours heureux de nous revoir. Se demandant dès notre arrivée comment nous faire plaisir, il se trémousse et se dandine, seulement pour notre bonheur. D'accord, j'avoue que je me sens aussi moins idiote de parler toute seule quand il est là.

— Allô, Gauguin d'amour… Tu t'es ennuyé ? Moi aussi, tu sais… Oh ! et la gentille Emmanuelle t'a fait faire ta promenade ?

J'avais enfilé le pantalon de jogging le plus vieux et le plus confortable, avec un t-shirt déformé par le temps, ceux que je préfère. J'ai caressé mon chien, que ma voisine, Emmanuelle, avait eu la bonté de sortir. Heureusement, d'ailleurs. Je n'avais pas envie de remettre le nez dehors par ce froid !

Note à moi-même : Penser à acheter un cadeau de remerciement à mon adorable voisine.

J'allais m'installer devant la télévision, regarder n'importe quoi ne demandant pas plus de 80 de QI et manger mon délicieux plat.

En zappant, je suis tombée sur ma sœur Esther, remplaçante sur la chaîne télévisée NED (Nouvelles en direct), qui a tendance à faire davantage dans le potinage que dans l'information sérieuse. D'ailleurs, tout le monde le savait, les heures de cette station étaient comptées, les téléspectateurs n'étaient plus aussi nombreux qu'au début. Les publicités se vendaient difficilement. La direction n'aurait bientôt plus le choix : fermer ou se renouveler.

J'allais changer de poste à la première pub, quand mon cellulaire a annoncé l'arrivée d'un texto :

« Tu es là ? Tu as des nouvelles de maman ? »

C'était ma sœur, justement.

« Esther, tu es en ondes ! »

« Mais non, c'est le reportage. T'as des nouvelles ou pas ? »

« Non, pourquoi ? »

« Elle ne répond pas depuis des heures. »

« Je l'appelle. »

Au même instant, son image réapparut à l'écran. Comme si rien ne s'était passé, elle reprit la lecture au télésouffleur, cet appareil installé juste au-dessus de la caméra qui lui permet de lire le texte sans avoir à le mémoriser. Quand on connaît ma sœur, on sait pertinemment que sans cet outil devant les yeux, elle serait complètement perdue.

J'ai appelé ma mère, j'étais inquiète. Ce n'est pas dans ses habitudes d'ignorer les appels.

— Allô ma chérie ! a-t-elle chantonné d'un air joyeux dès la première sonnerie.

— Maman ? Tout va bien ?

— Bien entendu… Pourquoi ça n'irait pas ?

— Esther m'a dit que tu ne répondais pas au téléphone.

— Eh bien, à quoi ça sert de savoir de qui vient l'appel, alors ? J'ai un afficheur, c'est pour décider si je réponds ou pas, non ?

— Tu ne voulais pas parler à Esther ?

— Non.

— Et pourquoi ? Vous vous êtes disputées ?

Ma mère et ma sœur se ressemblent, tant physiquement que mentalement. Grandes, sportives, les cheveux auburn qui ondulent trop parfaitement et qu'elles portent toutes les deux aux épaules pour cacher des oreilles un peu trop grandes. Un nez droit et long constellé de taches de rousseur, qu'elles détestent, mais qui leur donne un charme fou.

Elles sont très près l'une de l'autre, peut-être trop. Il leur arrive de se disputer et de ne plus se parler pendant quelques jours.

— Tu n'es pas au courant de ce qui est encore arrivé à ta sœur ?

— Maman, j'ai eu une journée vraiment pénible. Esther est à NED ce soir et elle m'a dit de t'appeler.

— Très bien. Alors, il l'a mise dehors. Tu me diras « enfin », je sais ce que tu en penses. Mais moi, je ne peux pas croire qu'elle l'a encore trompé. Je lui avais dit qu'elle jouait avec le feu et qu'il allait finir par en avoir assez. Eh bien, voilà. Elle a retrouvé ses valises à la porte de l'appartement. Il avait fait changer les serrures pendant la nuit.

— Mais elle est rentrée à quelle heure ? ai-je soupiré. Au petit matin, j'imagine ?

Donc Charles, l'amoureux trop patient de ma sœur, avait fini par rompre. Ils étaient ensemble depuis cinq ans. Autant d'années durant lesquelles elle l'avait trompé, manipulé, irrité et écrasé.

Il avait vingt ans de plus qu'elle, la percevait comme une déesse un peu capricieuse, mais il l'adorait. Il était chirurgien et la faisait vivre. Elle n'aurait pu, autrement, se contenter du salaire que lui valaient les trois ou quatre jours de remplacement qu'elle faisait chaque mois.

Il avait enfin réalisé qu'elle ne changerait pas et qu'il était temps qu'il passe à autre chose. Je ne pouvais pas lui en vouloir, il avait été plus patient qu'on pouvait l'espérer.

— Tu te rends compte ? Lorsqu'elle est arrivée, toutes ses affaires étaient sur le perron.

— Depuis le temps qu'on lui dit.

— Mets-toi à sa place.

— À qui ? À elle ou à lui ?

— Mais à elle, voyons, c'est ta sœur. Tu dois prendre son bord.

J'avais plutôt tendance à être en faveur de Charles. Je trouvais qu'il faisait pitié et j'étais contente de savoir qu'il réagissait enfin. Il méritait mieux. Je sais, je parle de ma sœur, mais bon, ce n'est pas parce qu'elle est de ma famille que je ne vois pas ses défauts.

— Ah bon ? Mais alors, pourquoi refuses-tu de lui répondre ? ai-je demandé.

— Parce qu'elle veut revenir vivre ici, a soupiré ma mère. J'ai transformé sa chambre en salle de yoga et j'ai déjà ton père sur le dos.

— Je comprends, mais je pense que cette fois, Charles ne lui pardonnera pas.

— Je sais… Cette idiote n'a jamais voulu réaliser la chance qu'elle avait. Un si bon garçon, qui lui offrait tout ce qu'elle voulait. La sécurité, une vie sociale riche…

Il valait mieux que je raccroche, je n'aimais pas la tournure que prenait cette conversation. Ma mère a toujours soutenu que ma sœur avait trouvé la perle rare. Un homme riche qui saurait faire son bonheur.

Tout le contraire de moi qui, avant de me retrouver célibataire, vivais avec un artiste. Ma mère me voyait toujours comme celle qui avait fait les mauvais choix. Elle m'avait prévenue : « Tu perds ton temps avec lui. » Maintenant que j'étais seule, c'était : « Mais pourquoi tu ne te trouves pas un gentil garçon qui prendra soin de toi ? »

— Je vais contacter Esther et lui parler, ai-je dit simplement.

— Dis-lui qu'elle ne peut pas venir chez moi, d'accord ? Qu'elle s'excuse auprès de Charles, qu'elle se mette à genoux s'il le faut... mais bon, qu'elle se fasse pardonner, c'est simple.

— Oui, très simple. À plus... Bye.

Mes macaronis refroidissaient et ma sœur, très enthousiaste, souriait à l'écran. En arrière-plan, la photo d'une jeune star de seize ans, que je devais justement maquiller le lendemain pour son premier vidéoclip. Esther devait annoncer une nouvelle qui la concernait, mais j'avais éteint le son.

« J'ai parlé à maman, tout va bien. » Envoyé.

À la pause publicitaire, mon téléphone a sonné.

— Tu sais tout alors ?

— Oui... Ça va, toi ?

— Oui oui… Tu aimes mon rouge à lèvres ? Il me vieillit, non ? Je peux t'appeler après mon quart ?

— Non… je commence très tôt demain.

— Pourquoi elle ne me répond pas, maman ?

— J'sais pas.

— Ok… on se parle plus tard…

— Non !...

Elle avait déjà raccroché.

Je ne savais pas trop quoi penser de la situation. Il faudrait bien que je trouve les mots pour la consoler.

Chapitre 2

J'ai fini par manger mes macaronis collants et tièdes. Le chien grignotait un gros biscuit. Je n'avais rien trouvé à la télévision et à force de jouer avec la télécommande, j'ai arrêté mon choix sur Météomédia. On annonçait encore des froids exceptionnels pour les prochains jours, et de la neige en abondance pour la semaine suivante... J'ai aussitôt changé de poste pour syntoniser un vieux film en noir et blanc. C'était préférable. L'avenir qu'on annonçait « enneigé et frigorifiant » commençait à me déprimer.

Je me suis endormie sur le divan, Gauguin blotti dans mes bras. J'étais brûlée. Je ne m'étais pas rendu compte que je glissais de plus en plus dans ce sofa moelleux.

Quand la sonnette s'est fait entendre, j'ai sursauté. Je cherchais ce qui m'avait réveillée, je me demandais même ce que je faisais là. Gauguin a aboyé, affolé ; il ne supporte pas d'être dérangé dans son sommeil.

Autre sonnerie, cette fois à répétition. C'était clair qu'on voulait me déranger. Je suis allée à l'interphone.

— Ouiiii ? ai-je répondu impatiemment.

— Marjo, c'est moi… Je gèle, ouvreeeeeee la porte.

« C'est moi ? » Une voix de femme ? Connue, oui… sans doute… ce n'était pas un rêve… Bon, j'ai ouvert sans trop de conviction. Je dormais debout et je n'arrivais pas à me concentrer. J'ai entendu des bruits venant de l'escalier. Mais qui était-ce ? On aurait dit un joueur de hockey qui avait oublié de retirer ses patins et trimballait son sac de sport sans ménagement.

Mon autre voisine, celle de droite, que je surnomme Calamité, a entrouvert sa porte de quelques centimètres. Une femme seule et aigrie qui hait tout… surtout le bruit. Elle me regardait d'un air de mépris absolu. Comment osais-je recevoir en pleine nuit un joueur de hockey en patins ?

Esther s'est montré le bout du nez. Elle montait deux valises et des sacs.

La curieuse a refermé sa porte, dédaigneusement.

— Enfin… mais tu dormais ou quoi ?

— Esther ? Qu'est-ce que tu fais ici ?

— Qu'est-ce que tu crois ? Je viens dormir chez toi. Où veux-tu que j'aille ?

— Mais…

— Tu ne vas pas me laisser coucher dehors par un froid pareil ? !

Je l'ai invitée à entrer, il était inutile de résister. Pourtant, l'idée de lui fermer la porte au nez m'a tout de même effleuré l'esprit. Parce que je savais bien que si elle passait le pas de la porte, j'étais piégée. Elle s'installerait dans mon salon pour des semaines, voire des mois, et je ne serais plus tranquille. Adieu, bonheur douillet et vie privée, mais je ne pouvais pas l'envoyer dormir dans la rue. Elle n'avait pas d'amis, ses seules relations étaient le cercle de Charles. Sinon, elle avait bien quelques copains de passage, rencontrés au gré de ses sorties. Beaucoup d'amants, mais aucun qui soit prêt à l'accueillir chez lui. Je connaissais très bien sa situation, et je n'avais pas le courage de lui dire non.

Je l'ai écoutée exprimer sa colère pendant une heure. Visiblement, elle ne comprenait pas ce que son amoureux pouvait lui reprocher. J'étais sidérée par ce que j'entendais.

— Esther, tu le trompais, tu sortais tous les soirs… Il en a eu assez.

— Mais c'est de sa faute !

— Ah oui ?

— Il ne veut jamais rien faire. Il n'est pas juste vieux dehors, il l'est aussi dedans. Il le sait, que je suis jeune, je ne peux pas passer mes soirées devant la télévision. J'ai besoin d'action, de danser, de rire. Je ne vais pas devenir vieille pour lui faire plaisir.

— Il n'est pas vieux, il a quarante-quatre ans. Et tu savais le genre de vie qu'il aimait quand tu l'as rencontré.

— J'avais vingt ans. Je savais rien de rien… et oui, il est vieux, je t'assure.

— Une chose de réglée alors… tu ne l'aimes pas, tu le trouves ennuyeux et trop âgé pour toi, ai-je conclu. Donc, c'est parfait. Une nouvelle vie s'offre à toi.

— Mais il a gardé les clés de ma voiture… tu te rends compte ?

— C'est sa voiture, Esther, il l'a payée.

— Il me l'a offerte en cadeau.

— Non, chérie… il la payait tant que tu étais avec lui.

— Donné, c'est donné… reprendre, c'est voler.

— Oh ça…

Je n'en revenais toujours pas de sa mauvaise foi.

— De quoi je vais vivre maintenant ?

Ahhh ! Enfin une vraie question. Après avoir tenté de donner tous les torts à Charles, il était temps qu'elle pense à l'avenir.

— Tu peux rester ici pour quelques jours, Esther. Mais je veux que tu t'organises autrement d'ici Noël.

— Oh, mais ne t'en fais pas, je vais trouver une solution bien avant ça.

J'en doutais, mais je ne voulais pas la lancer dans un débat. Je voulais dormir. La journée du lendemain serait longue. Lorsqu'on tourne un vidéoclip, on sait quand on commence, mais pas du tout quand on termine. J'en avais pour douze à dix-huit heures, facilement.

Donc, faire comme si ma sœur avait raison et lui donner de jolis draps turquoise à étendre sur le divan, une bonne couverture blanche extra-douce et un oreiller moelleux.

Et enfin, aller me coucher, ce que j'avais largement mérité. Gauguin a compris et n'a pas hésité à trottiner vers mon lit où il dormirait, occupant tout l'espace, en roi et maître.

Chapitre 3

Je me suis redressée d'un bond et j'ai tendu l'oreille, mais il n'y avait rien, que le silence habituel. Ma sœur dormait et Gauguin ronflait sans complexe.

Il m'arrivait parfois de me réveiller ainsi, en sursaut. Je reconnaissais ce symptôme. Mon rêve m'est alors revenu.

Bien entendu, c'était encore ce cauchemar qui me hantait. L'histoire de ma sœur avait ravivé ma mémoire et, avec elle, les mauvais souvenirs.

Une commotion, un truc post-traumatique ou quelque chose du genre. Du moins, c'est ce que le gentil docteur Lemoyne m'avait dit avec le sourire désolé d'un homme qui en veut à ses congénères d'avoir causé un choc pareil à une chouette fille comme moi.

Je m'étais imaginé que j'avais fait le bon choix, que l'homme qui partageait ma vie était honnête et amoureux. Qu'il ne serait pas comme les autres, non non non. Surtout, que rien ne viendrait briser le sentiment de sécurité dans lequel je nageais, confortablement plongée dans mes illusions.

Je l'avais mis en garde, je lui avais dit : « Si un jour tu me trompes, ce sera la fin ! » Je me souviens, c'était une menace, et j'ai cru qu'il avait compris que j'étais très sérieuse. Qu'il aurait peur que je le quitte et se tiendrait tranquille. Comme si les avertissements pouvaient vraiment empêcher quelqu'un de faire ce qu'il veut. Il m'avait pourtant assurée que jamais il ne prendrait le risque de me perdre… que j'étais ce qu'il avait toujours espéré, oh les belles paroles.

Mes amies attendaient beaucoup des hommes. Moi, je ne désirais qu'une seule chose : que le mien soit sincèrement et profondément amoureux. Qu'il se batte pour protéger notre relation, qu'il fasse des efforts, qu'il construise une forteresse autour pour qu'elle dure longtemps, voire même pour l'éternité.

J'avais fini par m'en remettre bien entendu, mais parfois, comme cette nuit, la douleur refaisait surface.

Au début, j'avais cherché qui était au courant. Qui savait ce que cachait vraiment notre histoire ? Je regardais tout le monde avec suspicion, j'ai fini par ne plus voir certains amis. Je ne supportais pas qu'ils puissent avoir su et n'aient rien dit. Leur gentillesse était comme un coupoir émiettant le peu qui restait de moi pour en faire du cœur haché.

Imaginez l'horreur… Pendant des mois (je n'ose pas dire des années), j'avais trimballé partout mon gros bonheur bien dodu. J'avais regardé mes copines célibataires en leur souhaitant (sincèrement, je vous le jure) de rencontrer quelqu'un d'aussi bien que mon fiancé. Cependant, dans leurs yeux, il devait bien y avoir des signes. Elles savaient des choses que j'ignorais, non ? J'en ai questionné quelques-unes après, mais c'était pire.

« Marjolaine, tu étais si heureuse, t'avoir dit ce que je savais t'aurait tuée… On ne pouvait pas décemment briser ton bonheur. C'était impensable. »

« Marjo, je n'avais pas de preuve… je ne pouvais l'accuser sans confirmation. »

« Tu sais, ma chérie, nous espérions tous que ça changerait après le mariage. »

« *Come on*, Mario, c'est la vie… les hommes sont tous des chasseurs, tu devrais en revenir, passer l'éponge ou, plus simplement, passer à autre chose. Achète-toi un chien, tu vas voir, c'est affectueux ! »

Oui, et fidèle ! C'est ainsi que j'ai fait l'acquisition de Gauguin, mon yorkshire.

Qu'est-ce qui est pire au fond, découvrir que tout le monde était au courant ? N'avoir rien deviné, même s'être convaincue du contraire ? Ou réaliser que tout ce temps-là, les gens avaient pitié ?

J'étalais langoureusement mon bonheur conjugal sur toutes les plateformes, salons, dîners, réseaux sociaux et le donnais en exemple… alors que j'étais de celles, naïves, qui s'imaginaient encore que les contes de fées existent.

Pourtant, je n'étais pas du genre Cendrillon, je ne suis pas très princesse en général. J'ai un esprit plutôt cartésien et j'aime ce qui est concret. J'ai étudié en histoire de l'art, puis la vie a décidé que j'utiliserais mon talent naturel pour la beauté en exerçant le métier de maquilleuse – et que, surtout, mon don me rapporterait ainsi beaucoup plus d'argent. Je faisais alors une thèse sur Gauguin, un maître de la couleur, que je me suis promis de terminer un jour. Je peux affirmer que je ne suis pas naïve.

Au début, je me réveillais toutes les nuits en revoyant la scène de notre rupture. Je la refaisais, la retravaillais, j'imaginais ce que j'aurais pu dire, comment j'aurais pu faire disparaître cet homme dans le plancher, l'humilier, pour qu'il souffre autant que moi. Tranquillement, les rêves ne revinrent plus qu'une fois de temps en temps, me rappelant que je n'étais pas encore complètement guérie. Certaines parties de mon subconscient souffraient toujours de l'affront qui avait ravagé ma vie.

Mais voilà, ce matin funeste, je m'étais réveillée heureuse comme tous les jours, ravie de préparer mon mariage, le moment de consécration de notre amour, l'apothéose.

Mon amoureux était parti tôt à un rendez-vous, j'avais toute la journée de libre puisque je ne travaillais qu'à 19 h. Je pourrais en profiter pour faire les derniers achats avec mon amie Sarah.

Juste avant de quitter la maison, j'avais remarqué le tableau sur le frigidaire, où était affiché notre calendrier de travail. J'avais oublié de noter les modifications de mes heures de la journée. Je commençais à 19 h et non à midi. Bien que l'émission soit toujours préenregistrée, ce jour-là, elle serait exceptionnellement diffusée en direct. J'ai raturé l'heure et gribouillé un dix-neuf. On ne pouvait pas bien lire, mais tant pis.

Trois heures plus tard, je rentrais avec Sarah, les bras pleins de dépliants de toutes sortes, de photos, même le dessin d'un gâteau magnifique. Dès notre arrivée j'ai su que quelque chose n'allait pas. C'était dans l'air, peut-être ? La voiture d'Éric était là, et j'aurais voulu me réjouir qu'il soit de retour, mais en fait, je m'inquiétais pour lui. Allait-il bien ? Pourquoi être rentré plus tôt que prévu ?

L'idée m'a alors effleuré l'esprit. Et s'il n'était pas seul ? Mais j'ai chassé cette impression, comme toutes les autres nous concernant. Nos quatre ans d'amour reposaient sur la confiance.

Mais nous avons vu les vêtements, aperçu les chaussures sur le plancher, et deux verres de vin vides sur la table du salon. Une musique romantique jouait.

Mon cœur ne battait plus, il s'était arrêté d'un coup, tétanisé.

Pendant les mois qui ont suivi, j'ai souvent souhaité être morte à ce moment-là, tout simplement… Ne pas avoir à subir cette douleur qui vous déchire en deux, comme on sépare d'un coup sec une feuille de papier, sans réfléchir.

Sarah avait bien essayé de m'empêcher d'aller vers la chambre, mais je ne l'avais pas écoutée. J'espérais encore me tromper ? Je voulais en avoir le cœur net ? Je cherchais quoi ? Sans doute une explication logique.

Je les ai surpris, elle dessus, lui dessous, trop occupés pour me voir. J'ai crié « Salope ! » et ils se sont retournés. Depuis, je me dis que j'aurais dû lancer « Salaud! », mais sur le coup, c'était à elle que je reprochais de briser mes rêves.

J'ai, bien entendu, eu droit à toutes les excuses. C'était elle qui avait insisté, l'avait piégé, ce n'était pas ce que je pensais, c'était seulement pour voir, pour savoir, pour vérifier, c'était de ma faute...

Je pense que celle-là, c'était la pire de toutes : c'était de ma faute? Vraiment? Sérieusement? Selon lui, je mettais trop de pression avec le mariage et il avait besoin de tester ses sentiments. En faisant ma valise, j'ai également fait une croix sur le mariage de mes rêves.

Mon père me disait souvent : « T'as peut-être juste quatre poils de cheveux blondinets sur la tête, mais dedans ta caboche, c'est bien rempli. » Cette journée-là, ma tête était vide. On avait arraché mes neurones, extirpé mon âme, on avait marché sur ma petite estime personnelle et elle traînait dans la boue. Je n'avais rien trouvé à lui répondre, j'étais partie en silence.

Cependant, même lorsque l'on croit qu'elle s'est arrêtée pour de bon, la Terre continue de tourner. Les nuits d'insomnie s'espacent et se transforment en mauvais souvenirs, et finalement, les nuages disparaissent, laissant derrière eux une sorte de brume qu'on chasse du revers de la main. Même l'ego se relève, sort du caniveau et brille à nouveau.

Je devais me rendormir. L'histoire de ma sœur m'avait fait plonger dans des souvenirs pénibles, mais le docteur avait raison : « La vie fait son travail de nettoyage et répare les pires dégâts. »

Chapitre 4

Il faisait encore noir quand je suis passée chez le docteur Lemoyne ce matin-là. J'ai promené Gauguin en direction de son bureau pour glisser mon enveloppe dans sa boîte aux lettres. On avait convenu que si je rêvais encore à mon ex, j'écrirais ce dont je me souviendrais et irais lui laisser ce texte. Je devais admettre que son idée n'était pas mauvaise. C'est vrai, j'avais profité de mon insomnie pour décrire les événements comme ils revenaient à ma mémoire, et je dois reconnaître que je me sentais mieux.

Une fois ma lettre déposée, je rentrai illico à la maison et me préparai pour aller au travail.

Je suis parvenue à m'extirper de mon espace de stationnement grâce à l'aide providentielle de deux jeunes hommes adorables qui, passant tout près, ont poussé ma voiture sans que je le leur demande. Je les ai remerciés.

En roulant vers le lieu de tournage, je repensais à mes dernières rencontres avec le docteur.

Je lui avais annoncé, quelques semaines auparavant, que j'avais renoncé à l'amour. J'avais enfin compris que c'était une perte de temps. Il a eu un rictus sympathique. Pas comme une personne qui dirait : « Ahhhh enfin, elle a saisi la réalité de la vie », mais plutôt comme celui qui sait quelque chose que vous ignorez.

J'ai eu beau alors lui expliquer que j'étais heureuse d'être célibataire, que j'avais acheté un appartement avec une seule chambre à coucher… Ah ha !… c'était la preuve suprême ! Pas de place pour un autre être humain. J'allais me consacrer à mon métier, et peut-être même écrire un livre sur ce sujet.

Cependant, il continuait à sourire. Plus il affichait cet air de compassion, plus j'avais envie de me lever et de partir. Il a tendu la main pour me demander de rester assise.

— Marjolaine… je vous comprends. Moi aussi, j'ai pensé que je devais mettre une croix sur l'amour, mais ce n'est pas réaliste… Un jour ou l'autre, un homme bien se présentera et il faudra lui faire une place.

— Il y a plein de femmes célibataires qui sont très heureuses, je ne vois pas pourquoi je devrais absolument rencontrer quelqu'un. C'est fini, cette époque où il fallait être en couple pour avoir réussi sa vie. Comme si ne pas avoir de conjoint était une catastrophe.

— C'est vrai qu'on juge souvent une personne seule. Comme si elle n'entrait pas dans un moule prédéfini.

— Voilà… Je ne veux pas du moule. J'ai bien failli me marier, mais… je l'ai échappé belle finalement.

Imaginez s'il m'avait trompée après quelques années de mariage et deux enfants ? Je préfère ne pas y penser.

— Vous allez mieux, ça me rassure.

— J'ai beaucoup de travail. Un joli appartement… et des amis. Que demander de plus ?

— Vous seule savez ce qui est bien pour vous. Revenez me voir dans quelques semaines. D'ici là, écrivez vos rêves, ceux qui se rapportent à votre histoire. Laissez-les dans ma boîte aux lettres. Nous ferons le point plus tard.

Lors de nos premières rencontres, il avait eu peur que je fasse une dépression. C'est vrai que j'avais les traits d'une momie oubliée dans le placard et les yeux enflés par trop de larmes amères, les pires. Les pleurs de douleur rendent les yeux vides et creux. Ceux de l'amertume les rendent acérés et gonflés de colère.

J'avais traîné mes savates jusqu'à son bureau pendant des mois, algues errantes se laissant pousser par le courant. Pas étonnant qu'il se soit inquiété pour moi. Heureusement, j'allais beaucoup mieux maintenant. J'étais plutôt fière de la nouvelle Marjolaine, et j'avoue que je marchais la tête haute. Les hommes se retournaient sur mon passage, mais très souvent j'avais envie de leur lancer : « Oubliez ça, j'ai déjà donné ! »

Curieusement, plus je les ignorais et plus ils me regardaient. Je commençais à ne pas détester cette idée.

Chapitre 5

Je suis allée rejoindre mon équipe de tournage sur le plateau pour le vidéoclip de la nouvelle chanteuse, star qu'on disait montante… Mais bon, elle était encore peu connue, et franchement, j'ignorais si elle tiendrait le coup après son premier succès, un tube un peu trop sirupeux. Une chose était certaine par contre : les hommes dans le studio étaient subjugués.

J'ai installé mon matériel sur la table pliante : pinceaux, poudres, fards, fonds de teint, crayons et rouges à lèvres. Je suis émue chaque fois que je regarde mon étalage. Les couleurs m'enchantent et me donnent aussitôt envie de créer. J'ai ensuite déplié le fauteuil portable et attendu ma cliente.

Et elle est arrivée : Kili-Anna, seize ans, très jolie, un sourire attendrissant, de longues jambes qu'elle dévoilait sans pudeur en portant des jupes vraiment trop courtes. Elle ne marchait pas, elle sautillait, elle ne parlait pas, elle babillait.

J'avais appris, sur le blogue de la reine du potin Emma Saytoux, qu'elle avait été découverte par hasard lors d'un concours de chant à son école.

En un seul regard, je savais ce qu'il lui fallait. Les yeux bleu sombre aux paupières bien définies seraient faciles à mettre en valeur. Je devais redessiner ses lèvres, un peu minces, pour leur donner du volume. Son teint parfait allait refléter la lumière sans problème.

Après avoir demandé à un éclairagiste d'installer un spot pour que je voie bien, j'étais prête à commencer.

Ils étaient trois à l'accompagner.

— Maquillage léger, il faut garder toute sa fraîcheur, exigeait le gérant, déjà amoureux de sa créature céleste.

— Non non non, elle doit quand même être à la mode... Quelque chose de moderne et de frais à la fois, lançait l'attaché de presse.

— C'est Marilyn Monroe et Brigitte Bardot combinées... mais avec un peu de Heidi, assurait un autre, dont je n'avais pas encore compris le rôle.

Au travail! J'allais tenter de faire plaisir à tout le monde. Après trente minutes de concentration, j'avais réussi : elle était parfaite, lumineuse, naturelle et sensuelle à la fois. Tout le monde était content, chacun croyait que j'avais suivi son conseil alors que je n'en avais fait qu'à ma tête.

Nous avons dû écouter son *single* deux cents fois pendant la journée. À la fin, j'étais sur le point de craquer.

Comme le tournage se fait par étapes, on change les caméras de position, on fait rejouer la chanson et on se déplace à nouveau. C'est long, c'est exigeant, et la chanson finit par irriter les oreilles, on en devient presque sourd.

Donc, petit bout par petit bout, on a filmé les différentes scènes de la vidéo. La jeune chanteuse n'avait que deux expressions : neutre et souriante. Mais elle a finalement réussi à en ajouter une ! Ouf, nous étions sauvés ! Son agent lui a expliqué que lorsqu'elle chantait les mots : « je suis si perdue sans toi », elle ne pouvait pas avoir l'air heureuse. Logiquement, il fallait qu'elle soit un peu triste... Elle a compris relativement rapidement et a inséré dans son répertoire un gros froncement de sourcils, censé nous faire croire qu'elle ressentait bien l'émotion contenue dans les paroles de sa chanson.

Comment cette chanteuse pourrait tenir le coup. Elle était jolie, d'accord, ses yeux bleus lui donnaient un air candide, mais après deux ou trois minutes, on découvrait finalement qu'il s'agissait sans doute de puérilité et non de candeur. Elle avait douze ans dans sa tête, et c'est généralement un truc difficile à cacher. Il n'existe aucun maquillage qui donne de la maturité.

Je n'étais pas jalouse, je vous assure, surtout pas d'une gamine de son âge. Je suis mignonne, moi aussi. Blonde, cheveux assez courts et ébouriffés, que je transforme selon mon humeur, avec une frange que je laisse négligemment tomber sur mes yeux. Des lèvres bien pleines et les yeux de la couleur d'un café sans lait, taille moyenne, plutôt mince, mais avec ce qu'il faut de rondeurs... Donc, je me trouve bien. Et moi, en plus, je sais qui est Jacques Prévert...

Kili-Anna a demandé ingénument à son agent:

— Mais pourquoi la chanson dit que je suis triste en écoutant les mots du pré vert? C'est pas triste, un pré.

— Non, lui a répondu mielleusement son gérant. Tu comprends, ma chérie, ce sont les mots qui t'émeuvent.

— Qui me quoi?

— Qui te rendent triste.

— Ah... Mais un pré vert ou jaune... c'est pas triste.

— Non... Prévert, mon trésor, en un mot... Elle est adorable, non? lança-t-il en regardant autour de lui, cherchant l'approbation d'admirateurs qui hochaient la tête avec attendrissement.

— Hihhihihiii! répondit-elle en sautillant.

— C'est un auteur français qui a écrit de très beaux textes.

— Ohhho, oh!

Elle a semblé avoir une révélation.

— C'est un monsieur qui me rend triste... Je comprends.

Nous avons fini par finir et avons mis le vidéoclip en boîte. J'ai entendu le fameux message lancé à tous, « c'est un *wrap*! », ce qui signifiait que le tournage était terminé. L'image était sublime, pour moi, c'était ce qui comptait.

J'étais en train de ranger mon matériel quand la jeune chanteuse s'est approchée, un peu triste. Elle s'est assise et m'a regardée nettoyer mes pinceaux. Je savais qu'elle avait envie de parler. La relation entre une maquilleuse et sa cliente est très intime, rapidement nous devenons amies. C'est important que cette complicité s'établisse.

— Tu as aimé ta journée ?

— C'était tellement long, s'est-elle lamentée. Je me demande si c'est bon, j'arrive pas à savoir.

— Tu es inquiète ? Pourtant, tout le monde adore ce que tu fais.

— Mais ils me traitent comme si j'étais une idiote. Je sens bien que je ne comprends pas tout. Je suis trop nulle, genre, tellement pas à ma place.

— Tu vas y arriver. C'est normal au début de ne pas tout comprendre. Un jour, tu vas connaître tous les rouages du métier, les termes utilisés, tu vas être comme un poisson dans l'eau. Il faut juste un peu de temps.

— Tu savais, toi, pour cette histoire de Prévert ? C'est un vieux, c'est ça ?

— Il est mort depuis longtemps.

— S'il faut que je connaisse tous les morts, en plus des vivants… C'est pas possible. Ils me prennent pour une machine ?

— Je vais te faire une suggestion… C'est toujours utile de s'informer. Alors, chaque fois que tu dois apprendre les paroles d'une chanson, informe-toi. De qui est-elle, de quoi elle parle… qui sont les gens, lieux ou références qui sont cités. Regarde sur Internet. Comme ça, tu sauras toujours de quoi tu parles.

— Ah oui ? Peut-être… Je vais essayer.

Elle ne semblait pas convaincue. Toutefois elle est repartie légère comme une gazelle. On aurait dit qu'elle avait déjà oublié ses doutes, et même notre conversation.

Chapitre 6

Je rentrai tard, mais ma sœur n'était pas là. Bien entendu, elle avait laissé toutes ses affaires, valises, sacs et vêtements épars dans le salon. Les draps n'avaient pas été rangés et Gauguin n'avait pas été sorti de la soirée. En colère, je fis donc une promenade avec le chien, trop heureux de voir enfin arriver quelqu'un. Quant à moi, j'avais besoin d'un peu d'air pour me calmer.

Trop fatiguée pour me fâcher, et je me rappelai qu'il s'agissait de ma sœur et que je ne devais pas m'attendre à autre chose de sa part. Je fis de l'espace dans un coin du placard pour y fourguer ses effets, pour pouvoir enfin me laisser tomber dans le sofa en soupirant.

Je réalisai qu'il était déjà 22 h. Esther devait être dans un de ses endroits préférés, en train de raconter ses malheurs à des amis qui bientôt comprendraient qu'elle n'avait plus les moyens d'offrir des tournées comme avant et s'éloigneraient vers d'autres porte-monnaie plus généreux.

J'entendis des cris provenant du palier. Je reconnus les voix de mes voisines. Celle de gauche, la folle, avec sa paranoïa domiciliaire. Je ne savais pas si elle était la même en dehors de la maison, mais ici, c'était notre dingue à nous. L'autre voix était celle d'Emmanuelle, mon amie. Une chouette fille, ex-vedette d'une émission un peu étrange, mais qui attendait toujours son heure de gloire. Quant au quatrième condo de notre étage, il était à vendre depuis des mois.

J'hésitais à ouvrir ma porte, je refusais de me lancer dans l'arène. Une pauvre fille épuisée coincée entre deux fauves? Ce n'était peut-être pas le bon soir pour ce genre de combat. Mes voisines se détestaient, et je me retrouvais très souvent prise entre les deux.

Les voix montèrent d'un cran. Je n'aurais pas vraiment le choix, j'allais devoir me lever pour aller voir ce qui se passait dans le corridor. En plus, j'entendais mon nom au travers de leurs échanges. Et puis, je devais bien ça à Emmanuelle, qui sortait mon chien chaque fois que j'en avais besoin. Je ne pouvais pas me passer d'elle. Raison de plus pour aller à son secours.

Elles se disputaient autour d'une grande plante verte. Je regardai la scène sans comprendre.

— Mario, dis-lui, toi.

— Quoi? j'ai répondu, étonnée.

— Que c'est laid et que c'est sale… Je n'en veux pas, un point c'est tout. Tu rentres ça chez toi, a lancé la folle d'un air dégoûté, comme si la plante était un virus mortel.

— Je ne vois pas ce qu'une plante a de sale, a tenté d'expliquer Emmanuelle. Au contraire, ça met de la vie sur le palier.

— De la vie en plastique ? Elle va ramasser la poussière et les insectes ! C'est une horreur ! a répliqué la dingue sur un ton hystérique.

— Il est tard. On ne pourrait pas en parler demain ? tentai-je, pour calmer la situation.

— Non ! Elle rentre ça chez elle, je ne veux pas de ce truc ici.

Honnêtement, je ne saisissais pas ce qu'elle pouvait trouver de si horrible à cette pauvre plante, en plastique de surcroît. Elle n'était ni belle, ni laide, elle était juste verte.

— Je l'ai gagnée dans une soirée-bénéfice… Pour une fois que je gagne quelque chose, Mario ! Regarde, ça fait de la vie et ça décore, non ?

— Je ne veux rien sur le palier… Ça fait malpropre.

Il est vrai que la pauvre Emmanuelle ne gagnait jamais rien. Elle avait terminé en troisième place dans une émission de téléréalité et attendait toujours l'appel d'un réalisateur ou d'un producteur qui lui donnerait sa chance.

Elle avait gagné juste assez d'argent pour mettre le dépôt nécessaire afin d'acheter son appartement, et passait des heures à déblatérer contre la production, qui selon elle aurait dû la faire gagner le premier prix. Elle parlait souvent d'une sorte de complot des producteurs qui auraient favorisé un autre participant.

Selon son frère, qui semblait beaucoup l'encourager, c'était elle qui aurait dû remporter le premier prix, un chèque de deux cent mille dollars. Chaque fois qu'elle m'en parlait, ses yeux devenaient sombres et sa voix vibrait de colère.

Depuis, elle espérait, courant les événements qui pourraient la faire monter sur la scène. Elle recherchait les lumières et était prête à tout pour réussir un jour. Comment lui dire que sans talent particulier, elle ne réussirait probablement jamais ? Elle croyait qu'il suffisait de le vouloir vraiment pour se retrouver devant les caméras. Je n'osais pas la contredire et l'écoutais patiemment.

Donc, elle avait gagné cette plante verte. Sûrement un prix de consolation. Qui faisait tirer ce genre de cadeau dans une soirée ?

— Je trouve que ça fait très joli. Un peu de verdure ne peut pas faire de mal, ai-je avancé avec prudence. Nous pourrions la laisser quelques jours et voir si on s'habitue ?

— Si vous vous y mettez à deux maintenant, a ajouté la folle qui fulminait. J'exige... vous entendez ? J'exige que vous la nettoyiez tous les jours. Sinon, je la lance par la fenêtre.

Et elle est rentrée chez elle dignement, chiante et pédante... mais bon, on avait gagné.

Emmanuelle semblait découragée. Elle n'arrivait qu'à faire non de la tête. C'est vrai que vivre avec une voisine aussi toxique qui n'aime rien et veut décider de tout, c'est épuisant.

Cet événement me fit réaliser soudain combien j'avais besoin de changement. J'en avais assez. Ma vie n'était qu'une vaste étendue de crises, de disputes, de conflits... J'aime mon boulot, oui, mais j'étais brûlée. Si je voulais du bonheur, je devais me le faire... Oui, mais comment ?

Je rentrai chez moi un peu déprimée. Au moins, je ne travaillais pas le lendemain. Je jetai un coup d'œil à Internet avant d'aller au lit.

ZE BLOGUE

VOS YEUX ET VOS OREILLES DANS
LE MONDE ARTISTIQUE   *(EMMA SAYTOUX)*

Kili-Anna, jeune vedette de l'heure, a terminé le tournage de son nouveau vidéoclip. Nous lui avons posé quelques questions.

ES : Tu es contente du résultat ?

KA : Oui, c'est trop génial.

ES : Tu as aimé travailler avec Metellus, gagnant de deux prix prestigieux au cinéma ?

Ka : Cool, j'aime trop le cinéma, j'ai toujours voulu en faire.

Si sa carrière est aussi longue que ses jambes, elle sera interminable. ;)

ES

Je me demandais sérieusement pourquoi je lisais encore ce blogue. En plus, c'était vraiment n'importe quoi ! Et ce nom, Saytoux ? Comme si on ne devinait pas que c'était un pseudonyme.

Chapitre 7

Le réveil du lendemain se fit tout en douceur. Gauguin était blotti contre moi, ne me laissant qu'un espace réduit sur le bord du lit. Un rayon de soleil jouait à cache-cache avec mon store.

Esther devait encore dormir. Je ne l'avais pas entendue rentrer, mais je n'avais pas de doute, elle était certainement étalée sur mon divan.

J'enfilai un jean et un chandail de laine avant de sortir de ma chambre sans faire de bruit. Ma sœur gisait comme une épave sur le sofa qui semblait trop petit pour elle. Elle ronflait comme un camionneur, et une odeur d'alcool et de cigarette planait dans l'appartement. J'ai ramassé ses vêtements du bout des doigts pour les déposer dans la laveuse. C'étaient eux, les responsables de ces odeurs nauséabondes. Elle devait les traîner avec elle depuis ces endroits étranges qu'elle fréquentait.

J'ai sorti Gauguin qui frétillait devant la porte. Nous avons fait une longue promenade. Les trottoirs mal dégagés rendaient la marche difficile. Mon chien aimait prendre son temps le matin. Il reniflait chaque arbre et chaque arbuste comme s'il prenait des nouvelles des voisins.

Je m'amusais à imaginer ce qui se passait dans sa tête : « Tiens, le caniche a mangé du fromage hier soir… Le doberman fait un peu d'acidité gastrique ce matin… Noooon, la yorkshire est enceinte !! Mais de qui ? »

Après avoir reniflé partout, mon Gauguin s'est enfin décidé à laisser des informations à son sujet. Ce n'était pas trop tôt, j'étais congelée et je regrettais de ne pas avoir pris mes gants.

Mon téléphone a sonné. En voyant le nom de Sam Dompierre apparaître à l'écran du cellulaire, mon cœur a sauté un battement. J'avoue qu'il est mignon et, bon… il me plaisait bien. Il était le producteur d'une série télé qui traînait en longueur et qui n'intéressait plus grand monde. Il m'appelait parfois pour me demander de remplacer la maquilleuse principale, et même si les acteurs étaient tous plus désagréables les uns que les autres, j'aimais bien travailler avec l'équipe technique qui, elle, était très sympathique.

Ok, je reconnais que j'espérais que cette fois, son appel serait personnel et non professionnel.

— Oui, allô Sam. Tu vas bien ?

— Salut, trésor. Dis-moi que tu es libre pour les prochains jours ? Que tu es l'heureuse détentrice d'un passeport valide ?

— Eh bien… oui, je suis libre, du moins, je peux me libérer, et j'ai un passeport. Si tu m'annonces que tu m'envoies quelque part où il fait beau et chaud, je t'avertis, non seulement je te dis oui, mais je t'embrasse. À moins que tu sois totalement contre cette idée.

— Wow… alors, embrasse-moi! Suzie, la maquilleuse de la série, est tombée hier soir en sortant du studio et s'est fracturé le poignet droit. Nous devons donc la remplacer.

— Ça ne mérite pas un baiser…

J'ai éclaté de rire.

— Oh que oui… parce que nous partons tourner en Floride dans quatre jours. C'est pour une série de trois épisodes spéciaux… Donc, neuf jours à Palm Beach.

— T'es pas sérieux?

— Oui, ma belle… Tout ce qu'il y a de plus sérieux. Je t'en supplie, réponds-moi que c'est faisable pour toi.

— Avec plaisir… tu ne peux pas savoir à quel point! Sam, tu es mon sauveur.

— D'ac… alors, je comprends que tu me dois un verre… en plus du baiser?

— Sous les palmiers? N'importe quand!

— Je te contacte demain pour les détails… Commence à faire tes valises! Bye.

Je n'arrivais pas à croire ma chance. Aller travailler au soleil? Le rêve total.

Je ne m'étais pas rendu compte que Gauguin s'amusait dans la neige. Quand je l'ai retrouvé, enseveli sous trente centimètres de neige, il était couvert de boules blanches. Je ne sais pas comment ces petites balles s'étaient collées à son poil, mais il était tordant. Il ressemblait à un sapin trop décoré.

J'avais envie de crier que je partais dans le Sud à tous les voisins que je croisai. Je me contentai de sourire, tout en marchant vers la maison.

Chapitre 8

Je n'avais que quatre jours pour tout planifier. Je n'en revenais pas. Moi qui étais épuisée par les disputes entre mes voisines, la neige, le froid, ma famille, j'allais partir au soleil! Quelle chance.

Dix jours avec une équipe formidable. Bien entendu, les acteurs étaient difficiles, mais tant pis, rien ne pourrait m'empêcher de savourer chaque moment passé sous les palmiers.

J'étais heureuse que Sam ait pensé à moi. D'accord, je suis la maquilleuse qui remplace le plus souvent sur la production d'*Amour et héritage*. Néanmoins, il aurait pu choisir quelqu'un d'autre, mais non, il m'offrait le poste, à moi. J'y voyais un signe. Ça signifiait au moins qu'il appréciait mon travail. Peut-être même souhaitait-il passer du temps avec moi? Mais je ne devais pas rêver.

Sam était célibataire, drôle, intelligent et très charmant. Des cheveux brun foncé toujours un peu en bataille, comme s'il sortait du lit à toute heure de la journée.

Pas très grand, mais ses traits réguliers et son sourire ravageur lui donnaient de la prestance.

Étais-je en train de reprendre goût à l'amour ? C'était un peu comme si je retrouvais l'appétit après une longue maladie. Il ne fallait pas laisser le besoin d'affection prendre le dessus, mais en même temps, j'avais l'impression de revivre.

Quand je m'installai sous la fenêtre pour commencer à m'organiser, un rayon de soleil vint toucher ma joue. J'ai fermé les yeux pour profiter de l'instant avant de me lancer dans mes préparatifs.

Faire des listes et planifier mes journées sont essentiels dans ma vie. J'allais et venais dans l'appartement sans prendre garde au bruit, mais rien ne semblait déranger ma sœur, qui dormait toujours sur le divan. Même les aboiements de Gauguin ne la faisaient pas bouger. Un OVNI aurait atterri dans le salon qu'elle n'aurait pas bronché. C'était assez fascinant.

Première chose à régler : la maison. Je devais trouver quelqu'un qui s'occuperait de mes deux plantes vertes (et les garderait en vie si possible), ramasserait le courrier et surtout prendrait bien soin de mon Gauguin d'amour.

Deuxièmement : ma valise. Qu'est-ce que j'apportais ?

Troisièmement : mon nécessaire de travail. Fards, pinceaux et crèmes.

Mon chien commença soudain à grogner. Je l'ignorai, convaincue qu'il avait un caprice. Après quelques minutes, j'ai entendu un bruit dans la cuisine. Gauguin traîna sa gamelle jusqu'à mes pieds pour que je comprenne enfin qu'elle était vide. J'avais oublié de le nourrir. Je réalisai que moi non plus je n'avais rien avalé, trop absorbée par mon organisation.

En faisant mon café – malgré le bruit de la machine à expresso, Esther ne réagissait toujours pas –, je me suis demandé ce qui m'emballait autant dans ce départ. M'éloigner de la crise de ma sœur? De mes voisines? L'envie de soleil ou… l'espoir que mes sentiments pour Sam soient partagés? À moins que ce soit un besoin d'aventures?

Le docteur Lemoyne m'avait prévenue: je devais laisser aller mes sentiments et, surtout, éviter d'y mettre un frein.

Mais bon… J'avais beau essayer, je sentais que mon cerveau reprenait le dessus. Je n'étais pas prête à avoir une relation amoureuse et je me racontais des histoires. Toutes les filles étaient secrètement amoureuses de Sam, je n'avais aucune chance, sinon il se serait manifesté au cours des derniers mois.

Mettons les freins et sortons notre bikini.

Esther se réveilla enfin. Pendant qu'elle buvait son café, je lui racontai le contrat que je venais de décrocher. Pas un mot au sujet de Sam, je n'avais pas envie de lui révéler mon secret. Cependant, je devais la prévenir qu'elle serait seule quelques jours. Elle s'est tout de suite intéressée à mon voyage.

— Marjo… Emmène-moi… Je t'en supplie. Je vais être ton assistante. Tu sais que j'en suis capable, je l'ai déjà fait. J'en ai tellement besoin. Le soleil… la plage… Changer d'air.

— Désolée, mais c'est impossible.

— Pourquoi ? C'est pas juste.

— Parce qu'ils ne demandent pas d'assistante-maquilleuse sur la production, tout simplement.

— Ils ont peut-être autre chose ? Habilleuse ? Je sais repasser… Ou tenir des fils, ou n'importe quoi… mais amène-moi, suppliait-elle.

— Je ne peux pas. Mais si tu veux, tu peux rester ici.

— Tu me laisses ton appart ?

— Oui, si tu promets de faire attention. Tu n'invites pas plus d'une personne à la fois et tu ne fais pas de bruit après 22 h.

— C'est promis… et la voiture ?

Je n'avais pas pensé au stationnement. C'est vrai qu'en hiver, il vaut mieux que quelqu'un utilise le véhicule et le déplace, sans quoi je devrai trouver un garage.

— Je m'occupe de la voiture, ne t'inquiète pas, a-t-elle lancé pour ne pas me laisser le temps de trop y réfléchir. Je vais en prendre soin. Je vais même te faire le plein avant que tu reviennes.

Je ne peux pas dire que je me sentais rassurée. D'un autre côté, c'était probablement la solution la plus simple.

— Oh, et je vais aussi m'occuper du chien, je peux le faire.

— Esther, tu ne connais rien du tout aux animaux.

Je ne lui faisais pas confiance pour ce genre de responsabilités. La veille, elle avait oublié de sortir Gauguin. Imaginez dix jours !

— Mais je ne suis pas idiote, tu n'as qu'à m'écrire ce qu'il faut faire et je vais y arriver.

— Tu crois ?

J'avais des doutes, mais en même temps, avais-je vraiment le choix ?

— Oui, je m'occupe de tout, l'appartement, la voiture et le chien.

Je me disais que si je retrouvais mes deux plantes mortes, c'était une chose, mais mon chien ?... Alors, que décider ?

C'est le moment qu'a choisi Samuel pour me recontacter. Une seconde j'ai cru que c'était pour tout annuler, que c'était trop beau pour être vrai.

Il appelait pour me dire que je ferais le voyage en voiture avec une partie de l'équipe, et prendrais l'avion au retour. Que le producteur principal, pour des raisons de logistique, avait décidé de diviser le groupe en deux. Le départ était devancé et je partais dans trois jours. Départ à 4 h du matin, devant le studio. Il m'a assurée que mes papiers seraient en règle et m'a dit de ne pas m'inquiéter.

C'était bien vrai ! J'avais envie de me pincer.

— Dis, Mario de mon cœur, tu ne connaîtrais pas une assistante prête à t'accompagner ? Celle de Suzie préfère laisser sa place, je ne sais pas trop pourquoi. Par contre, il faudrait qu'elle soit prête à partager ton cottage.

J'écoutais tout en observant ma sœur. L'amener ? Ou la laisser ici ? Avais-je vraiment besoin d'une assistante ? J'étais plus rapide que Suzie, et il n'y aurait pas tant de gens à maquiller. Je pouvais répondre que je m'en passerais... ou proposer de trouver quelqu'un sur place.

J'hésitai, car j'évaluais mal ce que la présence de ma sœur pourrait vouloir dire. Me causerait-elle des ennuis ? Serait-elle de bonne compagnie ? Tout allait très vite dans ma tête.

Et j'ai plongé.

— J'ai la personne parfaite pour ce travail, Sam... ma sœur Esther.

Esther était venue se mettre à genoux sur le fauteuil près de moi. Elle tapait des mains en silence et faisait oui de la tête.

Nous nous sommes donc retrouvées à deux pour faire nos listes et nos bagages. Mais évidemment, j'étais seule pour trouver quelqu'un qui prendrait soin de Gauguin...

Chapitre 9

Tout s'est parfaitement aligné comme si c'était écrit dans le ciel. Emmanuelle, ma voisine, devait justement faire réparer et repeindre sa salle de bains, à la suite d'une infiltration d'eau causée par le débordement de la baignoire du propriétaire du condo du dessus. Elle aurait besoin d'utiliser une toilette fonctionnelle, de prendre sa douche et, pourquoi pas, de dormir loin de la poussière et de l'odeur de peinture.

Déjà marraine et promeneuse occasionnelle de Gauguin, je savais qu'elle saurait en prendre soin. J'ai voulu la remercier et je lui ai offert de lui prêter ma voiture en prime. Elle en fut enchantée. Elle pourrait enfin livrer ses portfolios facilement à tous les producteurs en ville.

Tout était réglé. Nos valises faites, nos contrats signés, il ne nous restait plus qu'à attendre encore quelques heures pour prendre notre premier mojito au soleil.

Mais d'abord, il fallait prévenir notre mère que nous partions pour quelques jours.

Dès que je lui ai annoncé la nouvelle, elle s'est mise dans tous ses états. Prendre la route pour aller en Floride lui semblait encore plus dangereux que de faire de l'autostop à moitié nue. Elle nous appelait toutes les demi-heures pour nous bombarder de conseils plus étranges les uns que les autres.

« Si vous arrêtez dans un hôtel le soir, mettez un bureau devant la porte et soyez prêtes à sauter par la fenêtre. » « N'oubliez pas, selon les statistiques, un Américain sur deux est armé, méfiez-vous de tout le monde. » « Apportez vos propres bouteilles d'eau et gardez toujours un œil dessus… Ils mettent du poison dans les verres et les filles deviennent folles il paraît… » « Ne parlez à personne qui semble venir de l'étranger… en fait, ne parlez à personne, c'est mieux. »

Nous l'écoutions gentiment, mais ses inquiétudes nous faisaient sourire. Elle avait toujours eu le sens de la tragédie.

À l'entendre, nous partions au pays de la violence, où des crimes avaient lieu toutes les deux minutes à chaque coin de rue.

En même temps, je la comprenais. Ses deux filles partaient en même temps et comme c'était une vraie mère poule, elle allait trouver l'absence difficile. Une de nous deux en voyage, elle pouvait encore gérer la situation en profitant au maximum de l'autre, elle n'angoisserait que pour une, mais les deux ? C'était beaucoup trop stressant.

Chaque fois que ma mère était angoissée, mon père disparaissait dans son atelier. La vie aurait sûrement été très différente pour lui s'il avait eu un fils. Ils auraient été solidaires face aux deux autres, ils auraient pu imposer leur choix d'émissions de télévision, d'activités familiales.

Pauvre papa. Il nous adorait, mais avait vite abandonné tout son monde aux mains des femmes. Il avait installé dans le sous-sol, longtemps auparavant, un coin bien à lui, qu'il appelait son atelier, mais dans lequel il y avait surtout une télévision pour regarder ses émissions de sport et un vieux fauteuil confortable, où il faisait même la sieste parfois.

Il y avait bien un établi et quelques outils, il lui arrivait même de bricoler un truc ou deux. Au fond, c'est l'atmosphère hyper féminine de la maison qui le forçait à se retrancher dans ses quartiers.

Enfant, j'étais plus près de mon père. Nous courions les expositions ensemble. Nous parlions d'art et de musique, et je lui dois mon intérêt pour la peinture, surtout pour l'œuvre de Gauguin. J'aimais aller le rejoindre dans son univers. Il m'avait appris à me servir des outils, à réparer une lampe, à clouer, à visser et même à changer mes pneus de voiture.

Ce jour-là, qui précédait notre départ, j'ai fini par lui parler au téléphone. Il était très content pour nous et il m'a assurée que dès que nous serions parties, il s'occuperait de notre mère, lui changerait les idées. Il songeait à l'amener au théâtre et faire quelques sorties, sinon elle risquait de nous téléphoner vingt fois par jour.

Sa seule recommandation : je devais me rappeler de temps en temps que ma sœur était ma sœur, et qu'elle était très différente de moi.

Je savais ce qu'il voulait dire, j'y avais pensé moi aussi. Partir avec Esther, c'était plonger dans l'inconnu. Il pouvait arriver n'importe quoi. Elle aimait les expériences nouvelles et ne tenait pas longtemps en place. C'était bien entendu ce qui m'avait fait hésiter avant de proposer son nom pour le poste. Cependant, je l'imaginais dans mon appartement, laissant le chien seul plusieurs heures et conduisant ma voiture, et cela me semblait encore plus risqué. Au moins, pendant le voyage, je l'aurais à l'œil et je pourrais toujours la rappeler à l'ordre. Après tout, nous ne partions pas en vacances.

Est-ce que je le lui avais dit ?

Note à moi-même : Rappeler à ma sœur que nous ne partons pas dans le Sud pour faire la fête.

J'avais senti un peu d'inquiétude dans la voix de mon père, lui qui était habituellement d'un calme à toute épreuve. Je l'ai rassuré du mieux que j'ai pu. Esther venait de vivre une expérience difficile et n'avait pas l'humeur à la fête.

— Oh, mais tu sais, Marjolaine, n'importe quelle excuse est bonne pour ta sœur, et c'est justement ce qui m'inquiète : elle va vouloir oublier son malheur... que dis-je, pas son... mais ses malheurs.

Autant ma mère me rendait folle avec ses idées ridicules au sujet de cette traversée sur les routes américaines, autant mon père, lui, parvenait à me rejoindre. Ces quelques mots m'allèrent droit au cœur et je comprenais pourquoi j'aimais tellement cet homme doux et discret.

Mais le voyage ne durerait que dix jours. Le travail allait nous occuper toute la journée, et le soir, nous tomberions de sommeil, du moins je l'espérais.

Chapitre 10

C'est ainsi que par un jeudi matin gris, venteux et glacial, alors que le jour venait à peine de pointer son nez gelé, nous nous sommes retrouvés dans le stationnement du studio, à deux pas des bureaux de la compagnie de production, Loup-Garou.

Nous étions déjà six en comptant le chauffeur. Le véhicule était un minibus pour neuf passagers. Nous avons mis nos sacs et valises à l'arrière, dans une petite remorque attachée solidement pour ce long trajet. Nous formions l'équipe de CCM, c'est-à-dire costumes, coiffure et maquillage. Les retardataires étaient le preneur de son et un inconnu (j'espérais ardemment qu'il s'agisse de Sam).

Heureusement, nous ne voyagions pas avec les comédiens. C'était ma plus grande inquiétude, je l'avoue. L'actrice principale, Aria Laurent, était une femme capricieuse. Elle aimait faire les grands titres des magazines à potins et étalait les photos de ses amants dans les médias sociaux. C'était à qui n'avait pas déjà eu une aventure, fictive ou réelle, avec cette femme magnifique, mais insupportable.

L'acteur qui allait jouer son nouvel amoureux sous le soleil était un alcoolique vieillissant. À l'écran, Victor Lessieur avait encore tout juste assez de charme pour être crédible.

Il avait été un jeune premier fascinant, inoubliable dans *Roméo et Juliette* au théâtre. Il avait participé à quelques films importants et avait rêvé d'une carrière internationale qui s'était plutôt terminée dans le caniveau un soir de beuverie et de bagarre. Les photos de lui le visage dans une flaque d'eau et au poste de police avaient fait le tour des médias, et les rêves de sa carrière américaine s'étaient dissous dans une rigole sur le bord d'un trottoir.

Je n'avais pas envie de passer tout le trajet de deux mille sept cents kilomètres à entendre Aria raconter ses faits d'armes amoureux, ni les déboires de Victor « Roméo » Lessieur nous racontant à l'infini les deux mois qu'il avait jadis passés à Los Angeles, à tenter vainement de percer.

Bon… de toute façon, je savais dans quoi je m'embarquais en acceptant ce travail. Rien ne serait facile, mais j'allais quitter ce froid sibérien, ce ciel dépressif et, surtout, j'allais retrouver le très séduisant Samuel.

Après avoir présenté Esther à l'équipe, nous avons pris nos places. Nous étions bien assis, prêts à partir, on sentait déjà l'excitation à bord. Joseph, le responsable des costumes, était très drôle et annonçait notre départ imminent à la façon d'un agent de bord.

— Chers passagers, nous vous invitons à attacher vos ceintures et à remonter votre siège. Retirez vos manteaux et vos tuques, merci de les glisser sous le siège devant vous. Nous allons bientôt rouler vers des cieux plus cléments.

Son assistante Gisèle riait de toutes ses blagues. C'était une femme charmante dans la cinquantaine, qui supportait tout de ces acteurs. Elle les aimait et connaissait leurs secrets, même les plus intimes. Elle les voyait en sous-vêtements, nus même, et occasionnellement elle les aidait à enfiler des gaines parfois si étroites qu'elles devaient s'y mettre à deux pour y faire entrer Aria, qui avait pris quelques kilos depuis le début de la série.

Je les observais et je ne pouvais m'empêcher de sourire. Ils étaient gentils et je me sentais bien.

Le coiffeur, Sandro, était plus discret. Un jeune homme un peu mystérieux et difficile à cerner. Il était toujours branché sur son cellulaire, comme s'il traitait des affaires importantes.

C'était notre petite troupe, à laquelle s'ajoutait Isabelle, la preneuse de son, qui justement arrivait. Une fille adorable. Petite-fille d'immigrants haïtiens, elle était visiblement heureuse de partir enfin loin de l'hiver.

— Bonjour ! Désolée, groupe, pour mon retard, mais mon taxi a calé au coin d'une rue. Son moteur a rendu l'âme, j'ai eu peur de rater le départ.

— Vite... on veut de la chaleur... On part ! a lancé Joseph.

— Il faut encore attendre quelqu'un, a précisé le chauffeur en ajustant sa tuque.

— J'ai vérifié la météo, a dit Isabelle, espiègle. Vous voulez savoir ce qui nous attend ?

— Bien sûr, alors ? a demandé ma sœur.

— Dès Washington on va rencontrer le soleil, et la météo annonce quinze degrés Celsius, qui par contraste vont nous sembler trente degrés, a-t-elle expliqué en riant.

Dans environ douze heures, nous serions presque au printemps. Mais qu'attendions-nous pour partir ?

C'est alors que nous avons vu un homme, plutôt grand et élégant, venir dans notre direction. Il s'est arrêté sous ma fenêtre pour donner sa valise au chauffeur. Le froid ne semblait pas l'atteindre, son long manteau beige était ouvert sur un complet-veston bleu marine. La tête dégagée, ses cheveux étaient noirs et ses yeux noisette. Les épaules larges et un physique plutôt agréable, il parlait avec animation à son cellulaire, il est monté à bord sans nous regarder. Je n'arrivais pas à l'identifier, pourtant, son visage me disait quelque chose.

— Bonjour, nous sommes au complet ? a-t-il lancé simplement après avoir fermé son téléphone. Nous pouvons partir.

Il a rangé son cellulaire et s'est assis seul sur un banc en avant. Le siège voisin était libre.

— Tu sais qui c'est ? m'a soufflé Esther à l'oreille.

— Non, mais il me semble l'avoir déjà vu.

— C'est le président des productions Loup-Garou. Le grand patron, Adrien Weber. Qu'est-ce qu'il fait ici ? Pourquoi il est avec nous ? Il a sûrement un avion privé… Il est riche comme Crésus.

C'était donc lui, le fameux grand patron de Loup-Garou. Maintenant que ma sœur me l'avait dit, je le reconnaissais. Bien entendu on le voyait de temps en temps à la télévision. Sa fortune était l'une des plus grandes du pays. Un homme dont on savait très peu de choses. Cette maison de production de télévision n'était pour lui qu'un terrain de jeu, selon certains. Son divorce avait fait la manchette tout l'été précédent. C'était également un collectionneur d'art, si ma mémoire était bonne. Je tentais de me souvenir à la tête du conseil d'administration de quel musée il siégeait.

Les gens ne semblaient pas beaucoup l'aimer, et je dois dire qu'il dégageait une grande froideur. Ce voyage, qui plus tôt s'annonçait sous le signe de l'humour, venait de prendre un tournant radical vers l'austérité.

Isabelle s'est retournée pour me parler très doucement, sa voix couverte par le bruit du moteur.

— Il vient nous surveiller, tu crois ? Il a peur qu'on dépense tout son argent en route ?

Je haussai les épaules, je ne savais pas quoi répondre. Je n'avais aucune idée de la raison de sa présence. Nous ne le voyions jamais sur les plateaux. Il apparaissait plutôt sur les photos de galas de charité.

Sandro s'est retourné à son tour pour nous chuchoter :

— Il paraît que la production ne va pas bien. Les frais sont trop élevés. Toute la boîte est en danger, le *big boss* risque de perdre son joujou, a-t-il expliqué avec une moue de fausse pitié.

— Mais il aurait pu prendre l'avion, a insisté Esther.

— Il va tout surveiller de près… Ce voyage sera sous le thème « silence, on creuse ».

— Pourquoi ? Tu penses qu'il veut couper des postes ? ai-je demandé à Isabelle.

— Bien entendu…, murmura-t-elle, sinon, pourquoi serait-il ici ?

Chacun est entré dans son petit univers. Je décidai de lire les scénarios pour commencer à préparer mon travail et prendre de l'avance. Après avoir lu le texte, j'ai d'abord détaché les scènes du document, puis je les ai brochées sur le plan de tournage que nous avait remis la coordonnatrice. Un lourd cahier où l'horaire de chaque journée était indiqué sur sa propre page. Ainsi, j'aurais toujours sous les yeux ce qui serait tourné et mes indications pour faire le maquillage approprié. Il me resterait à coller les photos prises durant le tournage, pour m'assurer que j'en suive bien l'évolution.

Le plus difficile dans ce genre de tournage, c'est d'être très bien organisé. Comme les scènes sont tournées dans le désordre, il faut s'assurer que les raccords soient bons. C'est-à-dire que le personnage sortant de sa chambre, par exemple, porte le même maquillage une fois dans l'ascenseur, même si les deux séquences sont tournées à trois jours d'intervalle. Les scènes seraient filmées dans le faux décor des Antilles, reproduit en Floride.

Très concentrée, je ne remarquai pas que ma sœur faisait déjà sa petite enquête sur son cellulaire, profitant du wi-fi encore disponible. Elle voulait tout savoir au sujet de notre compagnon de voyage. Elle scrutait chaque information publiée pendant la dernière année au sujet d'Adrien Weber, le riche célibataire le plus en vue de l'heure.

Elle avait trouvé sa proie. Il était là, dans le même véhicule, prisonnier de cette boîte à sardines pour des heures, et Esther n'allait pas laisser passer cette chance unique de mettre la main dessus.

Chapitre 11

Premier arrêt, la douane. Les agents nous ont fait descendre et Adrien Weber s'est occupé de tous les papiers. Nous partions travailler et nous avions obtenu les permis de séjour appropriés.

Les douaniers ont fait le tour du véhicule. Nous grelottions les pieds sur le béton et nous ne pensions qu'à repartir. L'arrêt fut de courte durée. Quelques minutes plus tard, nous reprenions la route. Cette fois, c'était vrai, nous roulions vers le sud.

Une seule chose avait changé : ma sœur s'était assise à côté de l'homme d'affaires. Elle avait repéré le siège libre et avait prétexté se sentir inconfortable à l'arrière pour s'installer plus près de sa proie. Elle pourrait ainsi la guetter, la cerner et finalement l'attaquer.

Feignant une certaine indifférence, elle a commencé à lire le *New York Times* sur son iPad, rappelant ainsi qu'elle n'était pas qu'une simple assistante maquilleuse, mais plutôt une journaliste en attente de contrat.

Son jeu était fascinant, d'autant plus que son anglais est très mauvais ; elle ne devait rien comprendre de ce qu'elle lisait. Je sentais que je ne m'ennuierais pas à l'observer. Moi qui ne sais jamais comment attirer l'attention d'un homme qui me plaît, j'allais avoir un cours particulier et gratuit, d'une grande spécialiste.

Monsieur Weber ne semblait pas dérangé par cette présence, il lisait lui aussi de son côté. On aurait dit un vieux couple. L'image me fit sourire.

Je n'étais pas surprise de l'intérêt d'Esther, c'était tout à fait son genre d'homme. J'étais un peu inquiète cependant. La réputation de ce type n'était pas très bonne, et j'avais peur qu'il profite d'elle. Il était séduisant, certes, mais je ne pensais pas qu'il était aussi gentleman qu'il le semblait à première vue. J'ai décidé de me renseigner de mon côté. Qui était-il vraiment ?

J'eus alors la bonne idée d'écrire un texto à Sam qui devait être avec l'autre partie de l'équipe à l'aéroport. Notre producteur connaissait certainement la raison qui justifiait la présence du grand patron dans notre véhicule. Du moins, si une personne était au courant, c'était sûrement lui : « Adrien Weber est à bord, c'est normal ou pas ? »

La réponse est arrivée rapidement. Samuel m'expliqua qu'il y avait anguille sous roche. Le patron avait décidé à la dernière minute de se joindre au voyage et avait insisté pour faire le trajet par la route. Il devait vouloir surveiller les dépenses de près, comme le suggérait Sandro.

Ce n'était pas ce que je voulais savoir. Qu'il supervise les dépenses de la production me semblait parfaitement légitime. De plus, il avait peut-être des inquiétudes pour sa production, mais je n'étais pas concernée. Je n'étais qu'une remplaçante, et la survie de l'émission ne m'importait pas vraiment. En fait, j'étais du même avis que la plupart des journalistes, cette série avait fait son temps et il serait préférable de la voir tirer sa révérence pendant qu'il y avait encore des téléspectateurs pour l'apprécier.

Je lisais les dialogues sirupeux que j'avais devant moi et, sans vouloir faire de peine à qui que ce soit, je ne voyais pas du tout comment ils pourraient relancer l'histoire avec ces émissions. Ce ne sont pas de beaux paysages que les gens désirent, c'est une histoire qui se tient, qui les intéresse, les fait vibrer. L'histoire d'amour était tout ce qu'il y avait de plus classique : deux personnages se retrouvaient soudain dans une atmosphère différente, c'est-à-dire sous une pleine lune tropicale, et réalisaient alors que leurs anciennes disputes cachaient un amour passionné.

Je n'y croyais pas en la lisant, alors je ne voyais pas comment des gens pourraient y adhérer en la regardant. Je me souvenais d'un tournage sur lequel un auteur très apprécié m'avait expliqué qu'un créateur doit toujours résister à l'envie de mettre en scène un personnage secondaire, de lui faire vivre de grandes choses, même pour un seul épisode. Même si le comédien s'avère extraordinaire, il ne faut jamais céder à l'envie de le mettre en avant-plan.

« Une bonne histoire tourne autour de deux, trois, voire quatre personnages, jamais plus. Il faut prévoir différents niveaux pour chacun, sinon on tourne vite en rond, et c'est là qu'on se met à activer la soupape des seconds rôles. La partie est alors terminée, on a perdu le contrôle. »

Je ne savais pas à quel point ce qu'il m'avait confié était vrai, mais je voyais ce qui clochait dans le texte que j'étais en train de lire. Le personnage dont il était question n'était pas apparu dans l'émission depuis très longtemps. Il sortait de trop loin pour qu'on accroche aux événements qui le concernaient.

J'ai fermé les yeux, mes textes sur les genoux. J'avais décidé de ne pas m'inquiéter pour l'équipe, toute cette histoire ne me regardait pas et j'allais faire mon travail le mieux possible. Le véhicule avançait à vive allure. J'entendais vaguement le murmure des passagers. J'ai fini par m'endormir. Quand je me suis réveillée, sans doute une bonne heure plus tard, nous nous arrêtions pour manger.

Le chauffeur était très excité de nous faire découvrir un de ses endroits préférés, un restaurant-boutique faisant partie d'une chaîne bien connue aux États-Unis, Cracker Barrel. Nous sommes entrés sans plus tarder dans l'établissement.

L'atmosphère était joyeuse. La section magasin, que nous avions le temps de visiter avant que notre table soit prête, était très amusante. Des reproductions de jouets de notre enfance nous ont donné un bon dix minutes de plaisir. Sandro a essayé des couronnes de princesses, Gisèle, toujours discrète, s'est acheté les bonbons qu'elle préférait quand elle était petite. Plus loin, une grande section proposait des décorations de Noël vraiment originales. J'avais presque oublié que le temps des fêtes approchait.

J'étais en train de contempler un immense père Noël afro-américain lorsque Adrien Weber s'est approché de moi.

— Ils ont des pères Noël noirs, c'est intéressant.

— Oui, c'est justement ce que je me disais.

— J'ai lu dernièrement que plusieurs magasins offraient aux gens de poser avec le père Noël de l'origine de leur choix. Le monde évolue, c'est dans ces détails qu'on le remarque, a-t-il ajouté.

— C'est une excellente idée.

— Je pense que je vais en acheter un pour mettre à la réception du bureau.

Une voix féminine, un rien trop mielleuse pour être vraie, s'est fait entendre dans mon dos.

— Il n'y a qu'ici qu'on voit des trucs aussi fous.

C'était ma sœur qui venait s'immiscer dans la conversation. J'avoue que j'étais soulagée, j'étais plutôt intimidée par le grand patron.

— Ce n'est pas fou du tout, Esther, au contraire, ai-je répliqué calmement.

Je ne la reconnaissais pas. D'abord, elle changeait sa façon de parler, elle prenait un petit accent pas très naturel. Ensuite, elle bougeait avec une élégance que je ne lui avais jamais vue. Elle semblait au-dessus de tout, comme si elle était plus grande que nous.

Elle usait de tous ses charmes, j'imagine. Voilà le problème alors. Moi, je n'arrivais pas à prétendre que j'étais quelqu'un d'autre. Je ne pouvais pas changer pour plaire à un homme.

J'observais ma sœur avec intérêt. Comment pouvait-on lui résister ? Elle était belle, souriante, agréable. Elle dégageait une grande force intérieure. Si j'avais été un homme, je n'aurais pas hésité cinq minutes. D'ailleurs, notre patron s'est tourné vers elle.

— Qu'y a-t-il d'étrange dans cette idée ?

— Le fait d'avoir deux pères Noël, tout simplement. On ne sait plus lequel est le vrai. Les enfants doivent se déchirer, non ? Je vois d'ici les disputes dans les cours d'école.

— Je ne sais pas, a répondu Weber, je pense qu'il peut y avoir plusieurs personnages, les enfants n'ont besoin que d'un peu de rêve.

— Nous pourrions même assigner une année à chacun ! ai-je suggéré.

— Voyons, Mario ! a murmuré ma sœur, comme si j'avais dit une grosse bêtise.

Elle a même adressé un air entendu à l'homme d'affaires, comme quoi il ne fallait pas m'écouter.

— Elle a raison, a dit celui-ci, amusé. Pourquoi pas ?

Esther a ri doucement, comme si elle comprenait ce qu'il sous-entendait. Décidément, ces deux-là parlaient une langue que je ne comprenais pas.

— Oui, en effet... vu sous cet angle..., a soudain consenti ma sœur.

Une voix a soudain appelé le nom de notre chauf-feur, du moins l'a baragouiné ; il n'est pas facile pour les anglophones de dire Langevin. Notre table était prête.

Esther a pris le bras d'Adrien pour l'entraîner vers la section restaurant, décorée d'objets antiques. Une vieille scie, des skis d'un autre temps, des photographies anciennes de personnes sérieuses. J'aimais ce décor qui nous racontait la vie d'autrefois. Je ne pouvais m'empê-cher de tout regarder.

Le menu était étonnant. Des plats du Sud aux noms que nous ne connaissions pas. Notre chauffeur nous expliqua que la chaîne avait commencé au Tennessee. Nous pouvions tout essayer, car tout était bon selon lui.

Notre groupe était de belle humeur, et même le président des productions Loup-Garou semblait plus dé-tendu. Le patron était à notre table, mais nous ne sen-tions pas la pression de sa présence. Il cherchait à s'inté-grer, c'était plutôt gentil. Je me demandais s'il avait un calepin dans lequel il inscrivait nos dépenses et le nom de ceux qui ne verraient pas leur contrat renouvelé.

J'étais seule au bout de table et je pouvais observer les gens de l'équipe. Esther partageait son menu avec Weber et, tout en riant avec animation, tentait de deviner ce que les plats pouvaient être. Le plus intrigant était sans conteste l'espèce de pudding que nous avons tenté d'iden-tifier. Ils l'appelaient *saw mill gravy*. Déjà le nom était un peu troublant… Une sauce de bran de scie ?

Nous avons fait des paris sur ce que c'était. Le plat était accompagné de délicieux petits pains appelés *bis-cuits*. Gisèle et Sandro assuraient qu'il s'agissait d'une crème de bacon. Ma sœur appuyait la proposition de notre patron qui pensait que c'était du pudding aux saucisses. Joseph et moi avons avancé qu'il s'agissait d'une chose-étrange-fumée-au-goût-bizarre. Isabelle, elle, préférait se taire, affirmant que ce à quoi elle pensait ne se disait pas.

Ce fut un moment très agréable. Dehors, la neige commençait à tomber, nous rappelant que bientôt nous serions au soleil. Weber s'empressa de ramasser toutes les additions. Avant que nous partions, la serveuse a tranché : le *saw mill gravy* était un pudding à la saucisse fumée.

Esther applaudissait de joie, elle avait deviné et rayonnait de bonheur. Je me suis demandé si elle n'en faisait pas un peu trop, mais les attentions du patron me laissaient entendre qu'il ne se rendait compte de rien et commençait même à la trouver charmante.

J'aimais bien cette idée. Si ma sœur pouvait être assez occupée par ce monsieur, elle ne me causerait aucun souci. Elle ne sortirait pas, ne ferait pas de bêtises et ne profiterait pas des différentes activités du Sud pour oublier sa peine. Je me suis donc promis de l'aider le mieux possible dans son entreprise de séduction. J'avais tout à y gagner en fait, et cet homme était tellement son genre.

Et puis, me concentrer sur ses amours allait me faire oublier que les miennes pataugeaient dans le néant. Si Sam avait été intéressé, il aurait sauté sur l'occasion de faire ce voyage en voiture avec moi, non ?... Nous aurions eu des heures pour enfin nous rapprocher. Mais il semblait que l'idée ne lui avait pas traversé l'esprit. J'en conclus qu'il n'était tout simplement pas pour moi.

J'allais donc me concentrer sur autre chose pour tenter de me nettoyer de cette déception. Je croyais être bien décidée à renoncer à Sam, mais en fait, je n'étais pas prête à baisser les bras si facilement.

Chapitre 12

Les membres de l'équipe somnolaient dans le véhicule. Ma sœur s'était même endormie la tête appuyée sur la fenêtre, notre patron lui ayant cédé sa place après le repas. Il s'est levé et est venu me rejoindre. Je devinais déjà qu'il serait question d'Esther. Ils étaient tous les mêmes, ils voulaient se faire rassurer. Il voudrait savoir quel genre de fille elle était, etc.

— Je crois que j'ai oublié de me présenter, me dit-il. Je m'appelle Adrien Weber.

Il m'a tendu la main.

— Je sais qui vous êtes : Marjolaine, dite Mario.

— Vous avez bien fait vos devoirs !

Je riais un peu, mais je l'imaginais étudiant nos profils pour savoir si nous étions indispensables à son équipe.

— Vous ne vous souvenez pas de moi, à ce que je vois, mais nous nous sommes déjà rencontrés.

— Ah oui ?

J'eus beau chercher, je ne me rappelais pas l'avoir déjà vu en personne.

— Au gala des Lilas, il y a deux ans environ. Vous faisiez du bénévolat, vous présentiez les œuvres aux invités de la soirée.

— Ah oui… j'y allais tous les ans, c'est vrai.

— Mais pas l'année dernière ?

— Non, j'étais…

Comment lui dire ? « Je n'étais pas en mesure de tomber nez à nez avec mon ex et sa nouvelle flamme » ? Devant mon hésitation et voyant qu'il avait causé un léger malaise, il a enchaîné.

— Tous les bénévoles sont précieux dans ces occasions.

— Vous y étiez aussi ?

Quelle question idiote, pensai-je.

— Non… enfin, oui… je suis président du conseil d'administration du musée.

Bien entendu. Le fameux bal des Lilas recueille des fonds pour aider de jeunes artistes peintres en les faisant connaître aux gens de différents milieux. À cette occasion, plusieurs œuvres sont vendues à l'encan, ce qui permet à ces créateurs de survivre. Ce bal a été mis sur pied par le conseil d'administration. Il allait vraiment me prendre pour une imbécile.

— Ah oui, évidemment.

C'est tout ce que j'ai trouvé à dire.

— Je n'y ai jamais vu votre sœur il me semble.

Ahhhhh ! nous y voilà... un petit détour pour en venir aux questions essentielles. Ma sœur et sa vie.

— Ah non ? Je ne sais pas. Pourtant elle est très intéressée par tout ce qui est philanthropie et arts...

Je sortais le violon et tout l'orchestre symphonique. Ma sœur m'en devrait une. J'y suis allée à fond.

— Si elle n'a jamais assisté au gala, c'est qu'elle était probablement très occupée.

— Elle devait travailler.

— Certainement. Elle est une journaliste très en demande, ai-je ajouté avec conviction.

— J'imagine.

— Dans ma famille, les arts sont primordiaux...

Attention, on allait bientôt entendre le corps de trompettes.

— Dans la mienne aussi.

— Ah oui ? ai-je ajouté, innocente.

Comme si je ne savais pas déjà qu'il était impliqué dans les musées. Bon, j'allais quand même devoir doser, sinon je finirais par m'égarer.

C'est le moment qu'a choisi le moteur de notre bus pour se mettre à tousser. Le regard de Weber est devenu sombre et il est allé retrouver le chauffeur. Il y a eu encore deux ou trois quintes avant que le conducteur ne se décide à se ranger. Voilà, nous étions en panne sur le bas-côté de l'autoroute.

En regardant à l'extérieur, je me suis rendu compte que le soleil était bas, que la neige avait disparu. Où étions-nous ? Je n'avais pas porté attention à la signalisation. Tout le monde s'est réveillé, intrigué.

— Ne vous inquiétez pas, nous allons régler le problème rapidement, nous a lancé le producteur avec le ton d'un chef de régiment scouts.

J'en ai profité pour ouvrir la pochette de voyage que m'avait remise la coordonnatrice de production avec mes papiers pour le séjour.

L'attente ne fut pas très longue ; un garagiste arriva sur les lieux et ouvrit le capot.

Je me concentrai sur ma lecture. Ce qui se passait dehors avait peu d'importance puisque je n'y pouvais rien. Esther vint s'asseoir près de moi et je lui montrai les images de l'endroit où nous allions passer les prochains jours : de jolis petits bungalows éparpillés autour d'un hôtel jouxtant un terrain de golf. Le séjour s'annonçait plutôt bien.

Par la fenêtre, je voyais Weber s'agiter avec son cellulaire. Après avoir discuté avec le garagiste et le chauffeur, il est remonté à bord en nettoyant la poussière de son complet.

— Un minibus est en route. Nous devrons dormir à l'hôtel ce soir. Tout est réservé. Nous reprendrons la route demain matin, une fois la réparation effectuée.

— Mario, dis-moi, qu'est-ce que tu en penses? a murmuré ma sœur en se penchant vers moi.

— Je crois que s'ils ne parviennent pas à le réparer, on devra louer un autre véhicule.

— Non, je ne parle pas de la panne, je parle de lui…, a-t-elle ajouté impatiemment. Tu crois qu'il me trouve de son goût? Il est gentil, mais c'est comme si nous n'arrivions pas à trouver de sujet sur lequel tenir une conversation qui aurait plus que deux ou trois phrases. Tu dois m'aider.

— Mais je le fais. Je vous laisse tous les deux, je te mets toujours en valeur, dis-je en toute sincérité.

— C'est l'homme de ma vie, c'est clair, sérieusement. Il est riche, beau et intelligent.

Des fois, elle ressemblait tellement à notre mère! C'en était exaspérant. L'ordre des qualités d'un homme… D'abord son argent, ensuite son physique, et si en plus il pouvait être intelligent, là, c'était carrément le gros lot.

Un véhicule est arrivé pour nous amener à l'hôtel. Nous avons réuni nos effets personnels et nous sommes montés à bord.

— Tu as senti? ai-je demandé à Esther.

— Non, quoi? Il m'a regardée?

— Non, je parle du temps. Il fait doux. Ce n'est pas encore l'été, mais je dirais que c'est déjà un peu le printemps.

L'hôtel appartenait à une chaîne très connue. Tout y était simple, mais parfait. Sans attendre, nous avons pris possession de nos chambres à deux lits, où la décoration sobre était plutôt agréable.

Ma sœur et moi étions en train d'écouter le bulletin météo quand on a entendu frapper à la porte de notre chambre. Esther a sautillé pour aller ouvrir. C'était le patron.

— Je viens m'excuser. J'espère que vous êtes bien installées. Vous êtes certaines que vous ne désirez pas de chambres séparées ? Selon votre convention syndicale, je dois vous offrir des chambres individuelles.

— Mais non, c'est mieux ainsi, ai-je répondu simplement.

— Oui, tout à fait, a ajouté Esther, nous serons très confortables. Avez-vous prévu quelque chose pour le souper ? a-t-elle lancé avant qu'il s'éloigne.

— Je pars justement en repérage, je vais trouver un restaurant qui pourra plaire à tout le monde. Je vais réserver et vous êtes invités aux frais de la compagnie, bien entendu. Départ à 18h.

— Vous voulez que je vous aide à trouver un endroit ? Je connais un peu la région, a expliqué Esther.

Ma sœur, connaître la région ? Mais elle était trop forte ! Je me retenais pour ne pas rire. On ne savait même pas où l'on se trouvait exactement.

— Merci beaucoup, mais monsieur Langevin m'accompagne déjà. Reposez-vous. À plus tard.

Ma sœur a refermé la porte en souriant.

— Tu as vu son air ? Il était déçu… il aurait voulu que je le suive.

— Mais tu aurais fait comment ? Tu n'as aucune idée d'où on est ! Tu n'es jamais venue dans cette région. Tu dis n'importe quoi.

Je m'amusais franchement.

— Je me serais débrouillée. Il faut que je sois seule avec lui, je ne sais pas comment, mais nous devons passer du temps en tête-à-tête. Oh ! que je sens que ce voyage va être merveilleux, a-t-elle soupiré en se laissant tomber dans le lit les bras ouverts.

J'ai trouvé le dépliant présentant les services offerts par l'hôtel. Un buffet était servi le matin.

En m'asseyant dans l'unique fauteuil, j'ai repensé à ce matin de septembre, quelques années auparavant, où j'avais pris mon premier repas avec mon ex, Éric.

Nous travaillions sur une production semblable à celle-ci. Nous avions passé la nuit ensemble, mais le reste de l'équipe ne le savait pas. Nous nous regardions discrètement au-dessus de nos cafés. Nous pensions être subtils, mais la plupart des gens avaient compris ce qui se passait entre nous juste en nous observant. Je me demandais si le fait d'avoir partagé ce premier déjeuner avec l'équipe n'avait pas aidé notre relation à se développer. Je revoyais toutes mes aventures précédentes. Elles n'étaient pas si nombreuses, je ne suis pas le genre à me lancer dans des histoires d'un soir. Cependant, combien n'avaient pas survécu à ce premier rendez-vous matinal ?

Après un repas copieux et une nuit agréable, bien souvent je me rendais vite compte que les échanges n'iraient pas plus loin. Un matin, par exemple, j'avais découvert que l'amant de la veille était en fait un macho de la pire espèce, attendant tranquillement que je lui apporte son café et ses toasts pendant qu'il lisait le journal. Je m'étais imaginée dix ans plus tard, à son service sans même qu'il m'accorde un bonjour ni un regard, rien. Je n'avais jamais retourné ses appels.

En pleine production, ce repas se prend habituellement en équipe. Certains sont très matinaux et racontent des histoires, ceux qui sont encore en train de se réveiller entendent sans chercher à comprendre. Chacun peut vivre son réveil à son rythme. Personne ne remarque les différences. Mais lorsqu'on est deux ?

Ce souvenir de mon premier petit déjeuner avec Éric me fit sourire. Je réalisais que quelque chose avait changé. Je pouvais repenser au passé sans tristesse. Je souriais en revivant ce moment et je ne ressentais plus la peine me forant un trou dans l'estomac.

Il y a un jour, un moment, où le passé prend sa place officielle dans les souvenirs. Cet instant était enfin arrivé, me libérant de ma peine d'amour et de tous mes regrets.

J'avais soudain envie de bouger, et même de fêter. C'était peut-être la distance qui avait joué son rôle, mais je me sentais libérée, vivante. Pour célébrer ce soulagement inattendu, la seule chose dont j'avais envie, c'était de sortir mon maillot de bain et d'aller faire des longueurs dans la piscine.

Ma sœur s'était assoupie. J'ai attrapé le peignoir de l'hôtel et suis sortie sans faire de bruit. J'ai vite trouvé la piscine chauffée. Désertée, abandonnée, elle n'était là que pour moi. Personne n'avait envie de se baigner? C'était pourtant le premier signe que l'hiver et le froid étaient derrière nous.

J'ai enfilé mon bikini et j'ai sauté à l'eau comme le poisson que j'ai sûrement été dans une autre vie. J'ai commencé à nager et chaque brasse m'éloignait de tout. Je ne pensais plus à mes voisines, ni à ma mère, encore moins à mon ex.

Mais quelle belle invention que ces bains, piscines et douches qui viennent nous laver, nous purifier, nous réparer. Les anciens Romains l'avaient compris, l'eau est source de vie et de renouveau.

J'ai entendu une porte s'ouvrir et je me suis arrêtée de nager, un peu déçue qu'un baigneur vienne se joindre à moi. Le temps que je m'appuie au bord et me retourne, la porte se refermait. Non, personne ne venait me déranger, c'était un signe…

Je renaissais tout simplement, et je ne savais pas encore à quel point je reprenais vie.

Chapitre 13

Je suis sortie de l'eau et j'ai enfilé mon peignoir. J'ai réalisé qu'on avait laissé un message sur mon cellulaire. C'était Sam. J'ai tout de suite voulu le lire. Je me suis essuyé les mains et je me suis assise dans les marches.

« Ce matin, je n'ai pas pu te parler plus longtemps. Je ne sais pas ce qui se passe. Weber a pris ma place, je n'ai pas eu le choix. Si tu apprends quelque chose, préviens-moi. J'ai hâte de te voir. »

C'était comme si je venais de gagner un prix prestigieux ! Il avait « hâte de me voir » ! Savait-il que ces quelques mots venaient de tout changer ? Il suffit parfois de si peu pour nous donner des ailes.

Il aurait dû être avec moi pour le voyage, donc ce n'était pas lui qui avait choisi de prendre l'avion. Il était peut-être intéressé finalement, surtout qu'il avait écrit les quelques mots qui, mis bout à bout, donnaient le délicieux, le savoureux : « J'ai hâte de te voir. »

J'avais envie de tout dire à ma sœur. Elle me comprendrait, j'en étais certaine. Même si nous n'étions pas toujours d'accord, je savais qu'elle partagerait ma joie et j'avais absolument besoin d'en parler, maintenant !

Mais voilà, j'étais enfermée. J'avais beau tirer, pousser, cogner sur la porte, c'était verrouillé. C'était donc cela, le bruit que j'avais entendu, ce n'était pas un autre baigneur, mais bien le gardien qui avait fermé la porte.

Comment j'allais sortir d'ici ?

J'ai fait le tour de toutes les issues, tout était bien fermé à clé, sauf une porte d'urgence menant à l'extérieur. Je ne pouvais sortir en peignoir, c'était tout de même encore plutôt froid dehors. J'ai appelé ma sœur qui a répondu d'une voix endormie, en me disant qu'elle s'occupait de me tirer d'affaire sur-le-champ.

Je me suis assise sur une chaise et j'ai rêvé à Samuel Dompierre, son charme, son sourire, sa façon de rire de tout et de rendre la vie simple. Je nous imaginais sur un balcon ensoleillé, en train de prendre notre premier petit déjeuner en tête-à-tête. Le vent dans ses cheveux en bataille et la vue sur la mer, la vague venant presque à nos pieds.

J'ai entendu la porte s'ouvrir. On venait me libérer. Devant moi se dressait Adrien Weber, calme et sérieux. Il a remercié le concierge qui s'excusait dans un mauvais anglais, il ignorait qu'il y avait quelqu'un lorsqu'il avait verrouillé la porte. J'étais mal à l'aise. Pourquoi Esther avait-elle appelé mon patron ? Ne pouvait-elle pas venir me sortir de là elle-même ?

Je l'ai alors vue s'approcher à pas rapides dans le corridor pour venir à notre rencontre.

— Merci, Adrien… Je peux vous appeler Adrien ?

— Je vous en prie.

— C'est trop gentil de vous être déplacé. Ça va, sœurette ?

Bon, j'étais devenue sa sœurette ?

— Tout à fait, ne t'inquiète pas, je n'étais pas en train de me noyer. Je suppose que vous ne seriez pas partis sans moi demain matin.

— Bien sûr que non, a-t-elle affirmé.

Nous marchions tous les trois vers notre chambre, et je me demandais bien pourquoi le patron nous suivait. Il devait être inquiet pour moi.

— Nous vous aurions cherchée, évidemment, mais j'avoue que je n'aurais pas pensé tout de suite à la piscine, a lancé Weber, amusé.

— Je suppose que l'on m'aurait libérée au petit matin, ai-je ajouté en souriant.

— Voulez-vous entrer prendre un verre ? Je veux vous remercier, a dit ma sœur devant la porte de la chambre, à peine subtile.

— Non merci. On se retrouve dans l'entrée dans dix minutes pour aller manger.

— Merci, ai-je dit et je suis entrée dans la chambre.

Esther était en colère, je ne saisissais pas pourquoi. Elle aurait voulu que je l'invite, que j'insiste. Elle aurait même souhaité que je m'invente une migraine pour quitter la chambre et aller chercher des cachets, course qui aurait duré plusieurs heures.

J'ai éclaté de rire. Je l'ai prise par la taille et l'ai projetée sur le lit. J'ai tiré le couvre-lit par-dessus nos têtes d'un seul coup. J'ai mis des oreillers pour nous rapprocher toutes les deux, comme lorsque nous étions petites et que nous voulions partager des secrets importants.

— Tu as un secret ? a-t-elle murmuré, comme si on pouvait nous entendre.

— Oui… je crois que je suis amoureuse.

— De qui, pas de lui ? Parce que… là, tu n'as pas le droit.

— Noonnnnnnn !

Et je lui ai écrasé l'oreiller sur la tête.

— De Sam, tu sais le producteur de la série. Je t'en ai déjà parlé. Il m'a écrit qu'il avait hâte de me voir.

— Wow… Il est certainement amoureux.

— Tu crois ? ai-je demandé, comme si je ne connaissais pas la réponse.

S'il s'intéressait un peu à moi, rien ne prouvait qu'il était vraiment amoureux, je le savais très bien. Mais j'avais envie d'y croire.

— C'est évident, pourquoi il t'aurait écrit ça sinon ? Les gars ne sont pas fous, ils savent ce qu'ils écrivent, voyons.

— Il m'a aussi dit qu'il devait être avec nous dans le bus, mais que Weber avait pris sa place.

— Génial !

— Qu'est-ce qui est génial selon toi ? Parce que pour moi, ce qui est merveilleux, c'est que j'avais l'impression que je ne lui plaisais pas du tout, puisqu'il avait préféré prendre l'avion... Et là, il y a un espoir, tu comprends ? C'est fou... Voyons, comment je peux m'emballer pour un gars que je connais à peine.

— C'est l'amour... Pour moi, ce qui est génial... c'est que j'ai pu rencontrer Adrien. Quel beau nom... Adrien...

Nous nous sommes tournées sur le dos, toutes les deux avec nos rêves. Nous avons soupiré exactement en même temps et nous avons ri de bon cœur.

Les sœurs Vaillancourt étaient éprises toutes les deux. Quelque chose venait de changer.

Le souper s'est déroulé dans la tranquillité. En arrivant au restaurant, nous étions presque déçus : les néons au plafond et les banquettes usées n'annonçaient rien de bon. C'était un restaurant italien, mais à part quelques images de la tour de Pise et du Colisée de Rome, on avait plutôt l'impression d'être dans un *dîner* bien ordinaire.

Pourtant l'endroit avait été recommandé par la gérante de notre hôtel... En fin de compte, nous nous sommes régalés de plats maison. Savoureux et simples, comme la bonne cuisine familiale.

Esther boudait un peu, car elle était arrivée trop tard pour s'asseoir près de son soupirant, qui se trouvait en bout de table. Moi, je me suis assise près de Gisèle et nous avons parlé. J'ai tout de suite adoré cette femme qui n'a pas eu une vie facile. Toujours sur les plateaux, souvent la première arrivée et la dernière à partir, elle ne s'était jamais mariée.

C'était le genre de personne que nous désirions tous avoir pour amie. Elle avait tout entendu et tout vu, plus rien ne la surprenait. Elle regardait Adrien et m'a fait un drôle d'air, comme si elle s'interrogeait.

— Tu vois le patron... il n'est pas ici pour s'amuser... Il n'est pas là pour ta sœur non plus. Il a fait exprès de s'asseoir au bout de la table, il ne voulait pas qu'elle soit trop près de lui.

— Tu penses ? Pourquoi il est avec nous, tu crois ? ai-je demandé tout bas.

— J'arrive pas à le savoir, a-t-elle commencé. D'habitude j'ai un bon instinct pour ces choses-là, mais quelque chose m'échappe. Il ne devrait pas être ici, il veut des renseignements, mais sur quoi ? Sur qui ?

— Il paraît que la compagnie ne va pas bien, ils ont des pertes.

— Alors pourquoi augmenter les dépenses en l'incluant au voyage ? a-t-elle lancé. Je dois savoir ce qu'il veut. Tu penses que ta sœur pourrait m'aider ?

— Pas s'il s'arrange pour ne pas s'asseoir à côté d'elle... Peut-être qu'il nous espionne pour couper des postes. Très agréable de se sentir sous la loupe.

— Oui... le « silence, on creuse » de Sandro... Mais si c'était autre chose ?

— Comme quoi ?

— Je cherche.

J'ai décidé de me confier à elle au sujet de Sam. Elle le connaissait depuis plusieurs années et elle saurait m'aider. Je lui faisais confiance, totalement, son avis m'était important. Je lui ai tout dit. Je lui ai même révélé que je ne comprenais pas ce qui se passait en moi. Quelques jours, voire même seulement quelques heures plus tôt je ne croyais plus en l'amour, j'avais renoncé, et paf ! je me retrouvais à rêvasser à nouveau à cause d'un simple mot ?

Ma vie était réglée autour de mon travail, sans surprise, jamais de sortie, le froid m'ennuyait, je n'avais envie de rien. Même le travail commençait à peser. Mes voisines me rendaient folle avec leurs disputes et les aventures de ma sœur me désespéraient. Mais tout à coup, tout semblait prendre une nouvelle dimension. Les kilomètres qui me séparaient de mes responsabilités me permettaient-ils soudain de prendre un recul salvateur ?

Je ne me reconnaissais plus. Je trouvais même ma sœur agréable. Moi qui avais eu peur de ne pas la supporter, j'étais plutôt contente de faire le voyage avec elle. Et tout à coup, je recommençais à croire en l'amour. Je sentais que je succombais, et en même temps je me transformais. J'aimais la sensation, mais elle me faisait peur aussi.

— Mario, tu connais Sam depuis un moment. Tu n'as pas besoin de six mois de plus pour savoir le genre d'homme qu'il est.

— Je sais.

J'étais quand même un peu déçue par sa réponse. J'aurais voulu plus d'enthousiasme.

— S'il est amoureux fou, il sera un gars pas mal... Peut-être pourrait-il même envisager d'être fidèle... S'il n'aime pas vraiment, c'est peine perdue. Il faudra qu'il voie des étoiles. Ou bien, tu sais, qu'il mette le jeton sur le bon numéro...

Gisèle fit semblant de tourner une roulette de casino imaginaire, prétendant que la bille s'arrêtait sur le numéro gagnant, en montrant du doigt un coin de table.

— Alors peut-être. Sinon, tant que la roulette ne s'arrêtera pas, il va continuer à jouer des numéros au hasard.

Elle avait complètement raison. Je devais garder les pieds sur terre et ne pas perdre de vue que Sam était un homme qui aimait les aventures. Il faudrait qu'il m'aime follement, ou pas du tout, entre les deux j'étais perdue.

Mais... n'étais-je pas déjà un peu perdue, malgré mes bons sentiments ?

Chapitre 14

Le petit déjeuner s'est déroulé en silence. Joseph tentait de lire le journal local, Sandro n'aimait pas le café, Isabelle fouillait dans les sachets de thé et Gisèle suivait la météo sur l'écran de télé. Adrien et le chauffeur s'occupaient du véhicule enfin réparé, et ma sœur boudait dans son coin.

Pourquoi ?

Parce que rien n'allait comme elle le désirait, tout simplement. Il n'y avait plus de ses céréales préférées, le lait était tiède et Adrien ne l'avait pas bordée dans son lit la veille. Non, là, c'est moi qui en rajoute un peu. Elle ne s'était pas attendue à dormir avec lui quand même. Mais elle était de mauvaise humeur.

Nous sommes tous montés dans le minibus et curieusement, nous avons repris exactement les mêmes places que la veille. Comme si des sièges nous avaient été assignés. Une fois que nous eûmes repris la route, je ne pensais plus qu'à une chose, arriver au plus vite. Voir le soleil, la lumière, sentir la chaleur et retrouver Samuel qui avait « hâte de me voir ». Ces quelques mots avaient fait leur chemin entre ma tête et mon cœur, comme un ver dans la pomme.

Esther s'était à nouveau assise auprès de Weber qui l'avait même aidée à monter et à s'installer. Au moins il était galant, il lui avait pris son bagage pour le poser derrière mon siège. Il a souri, comme un conquérant, heureux d'aller retrouver sa victime.

Ils allaient bien s'entendre, ma sœur et lui.

Il nous restait environ quatorze heures de route. C'était tout ce qu'il me fallait pour préparer mon plan. Me souvenir de tout ce que m'avait dit Sam depuis le premier jour. Ses goûts, préférences, les filles que j'avais vues avec lui. Je devais trouver ce qu'il désirait chez une femme et ce qu'il cherchait mais n'avait pas encore trouvé. Je devais planifier mon approche par étapes. L'amour demande qu'on s'y attarde sérieusement. Chaque geste, chaque mot est important. Un sourire au bon moment peut changer le cours d'une histoire.

Dehors, le paysage changeait, les montagnes se fondaient en collines, les forêts de sapins avaient fait place à des feuillus, et tout doucement la végétation se transformait et présentait des signes tropicaux.

Au premier arrêt, nous pouvions sortir du véhicule en chemise. Adrien nous a proposé de nous changer. Il est lui-même allé le faire et est ressorti des toilettes en pantalon crème et polo bleu pâle. Il était décontracté, souriant et je me suis demandé si on ne se trompait pas à son sujet, s'il n'était pas du voyage uniquement pour mieux nous connaître.

J'en ai profité pour mettre une jupe et enfiler mes sandales. Ma sœur a sorti sa plus jolie robe, avec juste ce qu'il faut de volants pour que le regard des hommes ne puisse cesser de suivre la danse lascive du tissu sur ses cuisses.

Quand elle a aperçu Weber, ses yeux ont fait des doubles flips, elle était sous le charme, totalement hypnotisée. Je la comprenais. C'est vrai qu'il avait du charisme, surtout dans cette tenue.

— Esther, retiens-toi…, m'amusai-je, tu vas bientôt baver sur ta robe.

— Avoue… il est tellement beau !

— Tu es aussi magnifique dans cette robe. Ne t'en fais pas. Il a déjà la langue sortie, ai-je répondu en suivant le regard de mon patron qui nous observait discrètement.

Nous avons repris notre chemin, toujours vers le sud. La route était longue, mais jamais ennuyante. Nous avons croisé une sorte de parc d'attractions sur la frontière entre les deux Caroline, mémorable. Un immense sombrero nous invitait à y entrer. Nous n'en avions pas le temps, mais j'avoue que la tentation était forte de voir de plus près ce royaume de la quétainerie assumée.

Il était temps de manger et nous nous sommes arrêtés dans un petit village appelé Manning. Nous avions beau faire le tour, il n'y avait pas un grand choix de restaurants, et pour éviter d'aller dans un *fast-food*, nous avons choisi une chaîne qui ne semblait pas trop mal. Enfin, au moins, il y avait le service aux tables.

Isabelle en a profité pour nous expliquer sa théorie sur le problème de poids des Américains.

— Ils mangent avec leurs mains. Il faut que ce soit facile et rapide. Selon ma mère, ils ne savent pas se servir d'ustensiles, et couper la viande devient si difficile qu'ils préfèrent la cuisine rapide.

Si le menu et le buffet étaient des plus étranges, nous y avons vécu un moment vraiment surprenant.

Gisèle tentait de prendre discrètement des photos d'une famille qui venait de faire son entrée. Magistrale, magnifique... Comment décrire leur fierté ?

Un couple et leurs deux enfants portaient leurs vêtements du dimanche. Visiblement, ils sortaient de la messe. La robe longue en satin gris perle de la mère aurait pu être celle d'une reine africaine. Elle mesurait certainement un mètre quatre-vingts, du moins c'est l'impression que j'en ai gardée. Son mari, encore plus grand, portait un habit violet qui semblait sortir d'un album de mode des années quarante. Des souliers noir et blanc vernis avec attention, un chapeau de gangster. Les enfants tout aussi splendides, les cheveux gominés, fille comme garçon. Elle en robe de soie orange, et lui portant la même tenue bleu poudre, en miniature, que son père.

Après quelques minutes, ils ont été rejoints par d'autres membres de leur communauté. On aurait dit un show de Broadway des années quarante. Nous aurions voulu leur poser des questions. Qui étaient-ils ? Qui avait fabriqué ces vêtements sublimes ? Étaient-ils simples paroissiens ou membres d'une chorale ? Nous ne le saurions jamais, mais ils étaient beaux, fiers, et nous étions heureux d'avoir eu la chance d'apercevoir ces gens du Sud, si différents de nous.

Je me souviendrais toujours de cette famille comme d'un tableau vivant et magique. Gauguin aurait adoré les peindre.

J'ai dû m'endormir dans le minibus par la suite, parce que je ne me souviens pas d'être passée des paysages feuillus à la végétation de la Floride. J'ai vu mon premier palmier et mon cœur en fut tout heureux. C'était la nuit, mais nous pouvions apercevoir ces arbres charmants qui nous souhaitaient la bienvenue.

Plus nous approchions du lieu de résidence à Palm Beach Gardens, plus mon cœur battait. Sam serait-il là pour m'accueillir? Allais-je deviner à son regard ce qu'il ressentait pour moi? J'avais déjà prévu de montrer mon enthousiasme en le voyant. Il fallait lui faire comprendre qu'il avait des chances. Un homme prend rarement les devants si on ne lui adresse pas d'abord un signe positif l'invitant à se manifester.

Je n'avais pas beaucoup d'expériences amoureuses, mais mes copains et, surtout, les discussions de plateaux m'avaient appris que les hommes en général, à moins d'avoir une très grande confiance en eux, aiment qu'on leur laisse comprendre qu'ils peuvent nous faire des avances.

En même temps, il ne fallait pas oublier que ces derniers préféraient être des chasseurs. Ils devaient avoir l'impression d'être les premiers à faire un geste. C'était un jeu subtil entre la victime et le prédateur. Il s'agissait parfois de passer de l'un à l'autre, comme un duo dans lequel on donnerait la meilleure part à son partenaire, tout en s'assurant de conserver sa place. Mélange de « je donne » et « je reçois », sans que personne ne puisse jamais deviner qu'on a tout planifié.

Le jeu allait bientôt débuter.

Chapitre 15

Notre villa était petite, blanche et accueillante. Elle comportait un salon joliment décoré de meubles de rotin dans lequel trônait une télé format géant, deux chambres, deux salles de bains et une cuisine miniature, mais tout équipée. La vue donnait sur une rivière bordée de végétation et de palmiers. Une petite terrasse avec deux chaises et une table nous permettraient de passer du temps dehors lorsque nous ne travaillerions pas.

Ma sœur a choisi la grande chambre, la plus spacieuse, avec un très grand lit et une immense salle de bains attenante, et m'a laissé celle avec deux lits doubles. J'ai pris celui près de la porte. Je n'ai pas tenté de discuter, l'important, c'était d'avoir un lit confortable. Je m'empressai de ranger mes choses. Il m'est difficile de me sentir chez moi tant que mes affaires ne sont pas en place. Que ce soit pour le travail ou en vacances, je dois vider mes valises et m'installer pour me sentir à l'aise.

Esther, de son côté, fouillait partout et a fini par aller dehors. Les lumières tamisées permettaient de voir les étoiles dans un ciel découvert. Elle m'a crié de venir la rejoindre.

Il faisait si chaud. Quelle sensation merveilleuse ! Sortir en sandales et ne plus penser à l'hiver. Soudain, près de nous, un bruit étrange s'est fait entendre. Juste assez pour nous faire taire. Nous cherchions d'où le son pouvait venir lorsque nous avons aperçu, sur le bord de l'eau, un crocodile qui, visiblement, n'avait pas apprécié d'être dérangé pendant son sommeil. Esther a crié de nouveau et nous sommes rentrées en courant. Hilares et affolées à la fois, nous nous en voulions d'être si craintives. En même temps, il s'agissait bien d'un crocodile, le genre d'animal, disons… plutôt de mauvaise compagnie.

J'en ai profité pour appeler ma voisine Emmanuelle afin de m'enquérir de Gauguin. Je m'étonnais de n'avoir encore aucun message à son sujet.

— Allô ?

— Salut, c'est moi. Tout va bien ? Je voulais prendre des nouvelles de mon chien.

— Il va bien, tout est sous contrôle. Et toi ?

— On est arrivées.

— Il fait combien ?

— Dix-neuf degrés Celsius, et c'est la nuit… Je pense qu'il va faire vraiment chaud demain. Alors, Gauguin ne te fait pas de problèmes ?

— Aucun…

— Toi, ça va ?

— Toujours pareil… Ah oui, la foldingue a coupé des branches de ma plante.

— Pardon ?

— Oui, elle en coupe une par jour… Je la déteste. Quand il ne restera qu'un chicot, elle va nous dire de la retirer. Elle finit toujours par avoir ce qu'elle veut.

C'était maintenant si loin de moi, cette histoire de plante, qu'elle pouvait bien se retrouver dans la ruelle, franchement ça me faisait ni chaud ni froid. Mais je compatissais avec Emmanuelle. Je devais trouver quelque chose à lui répondre pour l'encourager.

— Je sais qu'elle n'est pas facile à vivre. Je te comprends. À mon retour, on verra ce qu'on peut faire.

— Il y n'aura plus rien sur la tige. Mais je vais trouver une solution, ne t'en fais pas… Profite, allez… On se reparle. Bye.

C'était un peu court, comme conversation. J'avais sans doute téléphoné trop tard, je n'avais pas posé la question. Elle dormait peut-être. Au moins j'étais rassurée, mon chien se portait bien.

Je décidai de préparer mon nécessaire de travail. Ainsi je serais prête à débuter ma journée du lendemain. Dès 6 h, je maquillais Aria et je devais être en forme, car cette actrice était imprévisible.

J'avais laissé la fenêtre ouverte pour dormir au rythme des sons extérieurs. C'est le chant des oiseaux qui me tira du sommeil. Je suis allée vers la terrasse où un spectacle magnifique m'attendait. Des oiseaux blancs et gris, petits et grands, et d'immenses oiseaux comme des ibis. Des bougainvilliers en fleurs grimpaient le long des arbres et des murs du cottage. L'hiver me semblait tellement loin. C'était comme si j'avais toujours vécu ici.

L'équipe de pré-production avait pensé à garnir sommairement notre réfrigérateur. Il y avait ce qu'il fallait pour commencer la journée. Café, pain, confitures, jus d'orange frais et fruits. J'ai mis la cafetière en marche et je suis allée réveiller ma sœur, qui avait trouvé le moyen de déborder de son lit king. Si le matin je n'étais pas très jasante, elle, c'était carrément un ours. Elle marmonnait, pas du tout contente de se faire réveiller.

— Allez, il fait beau. Je fais du café. Et attends de voir le spectacle dehors... C'est toi qui as voulu venir ? On sourit à la vie ! Et devine qui tu vas revoir tout à l'heure sur le plateau ? Je te donne un indice, il est grand, élégant... son prénom commence par A.

J'ai eu droit à un faux sourire et ma sœur est entrée dans sa salle de bains en me fermant la porte au nez. Je savais que quelques minutes plus tard, et surtout lorsqu'elle aurait bu un bon jus, elle serait de meilleure humeur.

Je me suis servi un café et je suis allée lire les nouvelles sur mon iPad. Un petit coup d'œil à la chronique d'Emma Saytoux m'a un peu surprise.

ZE BLOGUE

VOS YEUX ET VOS OREILLES DANS
LE MONDE ARTISTIQUE   *(EMMA SAYTOUX)*

L'équipe de l'émission *Amour et héritage* est en route pour le Sud, où seront tournées quelques scènes d'amour pour la série. Sachant qu'Aria Laurent et Victor Lessieur ne se supportent pas, je sens que j'aurai des informations croustillantes pour vous dans les prochains jours.

Nous avons par ailleurs appris que le très mystérieux Adrien Weber était du voyage. Que nous réserve-t-il cette fois-ci?

ES

Je me demandais parfois qui était la potineuse cachée derrière cette fausse journaliste qui semblait tout savoir. Le pire, c'était que ses informations étaient souvent exactes. Qui pouvaient les lui donner? Je me promettais tous les jours d'arrêter de la lire, mais je continuais, par curiosité sans doute, ou par habitude.

Esther vint me rejoindre, déjà de meilleure humeur. Une fois notre repas terminé, notre toilette faite, nous étions prêtes à commencer notre journée de travail quand on a frappé à la porte. Je ne sais pas pourquoi j'avais oublié qu'on viendrait nous chercher, mais quand j'ai ouvert sur un Sam souriant, en short, le bras appuyé sur le bord de la porte, j'ai soudain perdu mes moyens. Mon assurance avait fondu comme du fromage sous le gril.

— Ah... Euh... Bonjour.

— Salut, tu vas bien? Alors, le voyage s'est bien passé?

— Oui, euh, oui... ah, le voyage ? ! Oui, très bien.

Esther nous a rejoints, portant sa mallette. Sam s'est redressé et lui a serré la main. Je cherchais à me souvenir de ce que je devais lui dire. Dans mon imagination, tout le long de la route, je me voyais plus confiante, j'étais sûre de moi et capable de réparties vives et intelligentes. J'avais oublié que j'étais un peu réservée et que je ne savais pas faire la cour aux hommes.

Ma sœur marchait devant moi en direction de la voiture. Sam lui a ouvert la portière. Quand ce fut mon tour de monter, il m'a glissé à l'oreille qu'il était vraiment très content de me voir. Je me suis retournée vivement et j'ai failli l'assommer d'un coup de tête en me redressant. Il a juste eu le temps de faire un mouvement arrière. J'ai ri tout en songeant qu'il devait croire que j'étais cinglée.

On roulait vers le site du premier tournage. La scène se déroulait sur la terrasse privée d'un hôtel chic. Curieusement, c'était un peu comme dans le rêve que j'avais fait au bord de la piscine avant qu'on vienne m'ouvrir la porte.

L'endroit était splendide. L'immeuble principal trônait majestueusement au bout d'une allée bordée de palmiers royaux, ces arbres extrêmement hauts. Le hall était luxueux. Nous avons pris l'ascenseur qui nous conduisait au septième étage. C'était comme aller au septième ciel, au paradis.

La suite était immense et le salon, aux couleurs blanches, sable et corail, somptueux. Les divans gonflés de plumes étaient invitants, les tableaux modernes colorés. Tout ce qu'il faut pour vous faire regretter de ne pas jouer à la loterie. Si j'étais riche, c'est dans un tel endroit que je passerais mes vacances.

La terrasse, où l'équipe s'affairait déjà à installer le matériel pour le tournage, était presque aussi grande que mon appartement. Une rambarde de pierres entourait le balcon, et devant nous un océan bleu turquoise. Les bougainvilliers violets et roses assuraient l'intimité du lieu. J'en avais le souffle coupé. Des gens s'offraient vraiment des vacances ici?

Au centre d'une table installée au milieu de la terrasse, un bouquet de fleurs multicolores embaumait l'air. La nappe blanche volait légèrement au vent, c'était tout simplement parfait.

Dans mon dos, j'ai entendu un cri. Esther avait mis ses mains devant sa bouche et me fixait en m'indiquant du regard qu'elle était désolée de ne pas avoir pu se contenir.

— Ça va? Tu t'es fait mal, Esther?

— Oh *my God*, Marjo… C'est l'endroit parfait.

— Ah oui, c'est magnifique.

— Et la mer… juste là. Je capote, m'a-t-elle murmuré. C'est comme ça que je veux vivre. C'est malade… Malade!!

Aria a alors fait une entrée théâtrale, comme d'habitude. Elle nous a à peine regardés, elle était chez elle, c'était son décor et elle agissait en propriétaire.

— C'est ici que je dois supposément tomber amoureuse de l'exécrable Victor et faire croire que ce vieux croûton est encore désirable? Le pire, c'est que certaines seront convaincues qu'il est encore potable, alors que ça fait longtemps qu'il est périmé.

Les gens de l'équipe ne la regardaient et ne l'écoutaient plus, habitués à ses tirades dévastatrices au sujet de ses collègues.

Isabelle m'a envoyé la main pour me dire bonjour. L'actrice s'est retournée pour me regarder et a semblé déçue de me voir.

— Bon, eh bien… Si on veut que ça finisse un jour, il faut commencer. C'est comme l'effet Band-Aid… arrachons-le rapidement, ainsi je souffrirai moins longtemps de ces scènes insipides et ô combien inutiles ! Cette série est sous respirateur artificiel… Que quelqu'un l'achève, pour son plus grand bien.

Elle était dans un de ces jours où tout la dérange. La journée serait longue, quoiqu'elle nous annonçât qu'elle souhaitait que tout se passe rapidement. Évidemment, elle allait, bien au contraire, étirer la sauce pour que chacun puisse réaliser qu'elle vivait un véritable calvaire.

— Où est Suzie ?

Oh non ! Personne ne lui avait dit que Suzie, sa maquilleuse habituelle, n'était pas du voyage ? Elle n'était pas au courant que je la remplaçais ? J'ai jeté un regard paniqué à Sam, qui m'a fait signe qu'il s'en occupait.

Chapitre 16

J'en ai profité pour aller m'installer dans la chambre qui nous servirait de salle de maquillage et de coiffure. Il était inutile que je sorte tous mes pots, crèmes et pastilles de couleurs, je savais déjà ce dont j'aurais besoin. Je devais faire un maquillage léger et très naturel. Nous devions avoir l'impression qu'Aria sortait du lit, le visage détendu et lumineux.

Ma sœur, de son côté, s'apprêtait à recevoir Victor. Aujourd'hui, nous n'avions que deux comédiens, un chacune. J'aurais pu la libérer pour la journée et me charger d'eux moi-même, mais je voulais qu'elle fasse connaissance avec l'équipe.

Isabelle est venue nous rejoindre et nous révéla que la situation ne semblait pas facile pour Samuel, qui tentait de calmer Aria. Elle rit en nous racontant que l'actrice menaçait de repartir par le prochain vol. Moi, je me sentais mal à l'aise. Je l'avais déjà maquillée, mais je savais qu'elle avait ses habitudes et qu'un changement dans l'équipe l'insécurisait.

J'ai pris quelques respirations pour me détendre et je me suis préparée à affronter l'ouragan.

Gisèle m'a adressé un petit signe encourageant. Si elle et Sam avaient calmé Aria, tout était encore possible. Je devais rester calme et faire preuve d'assurance. Je connaissais mon métier et elle devait me faire confiance. Aria est arrivée, souriante. Elle m'a regardée et a même semblé me reconnaître.

— Ah oui, on s'est déjà vues, je me souviens maintenant. Tu es… Léo? Aldo? Non, un truc du genre.

— Mario… mais en fait…, ai-je seulement commencé à dire.

— Parfait, Milo… tu sais ce que tu dois faire? Je l'espère, parce que sinon…, a-t-elle lancé d'un ton menaçant.

Ma sœur a fait un mouvement vers moi, je sentais qu'elle voulait prendre ma défense, mais je lui ai fait signe de ne pas bouger.

Aria était inquiète et je devais la rassurer. J'avais l'habitude, et même si ce n'était pas la situation la plus agréable, je savais que je pourrais y arriver.

J'ai commencé par masser son visage avec une crème protectrice très agréable. Je passai mes mains sur ses joues et son menton sans hésitation. C'est un moyen très efficace de détendre les gens, le mouvement les calme. Je devinais qu'Aria se laissait aller tranquillement. Elle sentait que j'avais de l'expérience, et c'était suffisant pour éloigner son anxiété.

Ensuite j'ai appliqué le cache-cernes et les points de lumières, puis les ombres avec un fond de teint plus foncé. J'ai tout lié avec sa couleur naturelle et simplement poudré. Ce travail, qui demande quelques minutes à peine, l'avait rajeunie de quelques années en effaçant les traces de fatigue. Elle a ouvert un œil pour voir où j'en étais, et j'ai deviné à sa réaction qu'elle était contente du résultat. Ce n'est pas le genre de personne à le dire, il fallait l'observer pour comprendre ce qu'elle pensait.

C'est alors que Victor est entré dans la chambre. Je remarquai alors que Sandro n'était toujours pas arrivé. Je commençai à me demander où il était.

— Tiens, te voilà, toi ! a lancé Aria. Mais qu'est-ce que tu as encore fait ? Tu es bouffi comme un vieux ballon de plage.

— Bonjour, Aria. Toujours un mot gentil… Moi aussi, je suis heureux de te voir.

— Arrête, je n'en crois pas un mot, a-t-elle craché.

— Toujours heureux de travailler avec des gens agréables, a ajouté Victor en s'adressant à Esther, visiblement charmé par sa beauté.

Cependant Aria avait raison, il était très enflé. Sans doute avait-il bu une partie de la nuit et très peu dormi. Je suis allée voir de plus près. Esther ne savait pas quoi faire.

— Va demander de la glace à Sam… il est au courant, ai-je dit à ma sœur.

— Oh non, pas de glace ! Mais qu'est-ce qu'il a, mon visage ? Vous ne l'aimez pas ?

— C'est que tu ressembles à une montgolfière, mon pauvre, a commencé Aria. Je te préviens, si je dois t'embrasser, je demande un supplément. Je ne supporterai pas ton haleine fétide.

— D'autres ne pensent pas comme toi, a ajouté Victor en jouant les séducteurs.

— C'était il y a mille ans. Arrête de nous raconter des balivernes. Personne n'y croit.

Pour tenter de calmer le jeu, je me suis attaquée à la bouche de l'actrice, en traçant d'abord un trait de crayon crème pour faire un contour plus large de la lèvre supérieure. Puis j'en ai remonté les coins légèrement pour contrer les rides d'amertumes qui commençaient à se dessiner de chaque côté.

Il était temps que cette production finisse. Le public ne suivait plus et les comédiens se détestaient. Qu'attendaient les producteurs pour passer à autre chose ?

Esther est revenue avec Sam portant un saladier de glace concassée pris aux cuisines de l'hôtel.

Victor a grimacé, mécontent, mais il a mis son visage dans le plat pendant quelques secondes. Il a relevé la tête tandis que j'épongeais l'eau qui dégoulinait sur sa chemise. Il a replongé le visage dans le plat, et ainsi de suite pendant près de dix minutes.

Il s'est enfin assis et Esther a pu commencer son travail. Sam est revenu chercher le bol et m'a fait un clin d'œil. Je n'ai pu que glousser… seul son accompagnant mon sourire supposé être charmant.

Poudre de deux teintes pour bien illuminer le visage de la comédienne. Un peu de gris sur le bord des cils, un rose naturel sur les lèvres. Finalement, une touche d'ombre claire et brillante sous le sourcil et sur la lèvre inférieure. Simple, lumineux et frais. Aria s'est regardée, satisfaite. À la façon dont elle s'est redressée, j'ai tout de suite su qu'elle aimait mon travail. J'avais gagné son estime.

Esther avait réussi à effacer les marques du temps et surtout de la nuit de beuverie du visage de Victor. Comme il était particulièrement télégénique, à l'écran il paraîtrait dix ans de moins. Les téléspectatrices n'y verraient que du feu.

Toujours pas de Sandro en vue. Nous allions prendre du retard.

C'est alors que Sam est entré avec ce dernier, qui n'avait clairement pas passé une bonne nuit. Le coiffeur, au bord des larmes, a sorti ses brosses et pour aller plus vite, a opté pour un chignon légèrement défait pour Aria. Quelques épingles et deux pinces allaient tenir le tout. Un coup de peigne à Victor, et Sandro était déjà parti s'étendre sur un des divans du salon.

— Qu'est-ce que tu as ? lui ai-je demandé doucement en m'assoyant près de lui.

— Mon chum m'a quitté. Il a profité de mon départ pour vider l'appartement. Je suis désespéré. Ma vie est finie.

Un coup de poignard m'a frappée en plein cœur. Je comprenais trop bien, j'avais ressenti la même douleur, j'étais en lui. Je savais exactement ce qu'il vivait.

— Sandro, tout va bien aller. Repose-toi, je t'appelle si on a besoin de toi, d'accord ? ai-je dit doucement en lui installant un coussin sous la tête.

— Merci, Mario… merci.

Il y avait un abîme de tristesse dans son regard. Une douleur profonde. Et il était inutile de lui dire qu'il allait s'en remettre, je savais très bien qu'il ne me croirait pas. Derrière moi, quelqu'un m'a tendu une légère couverture pour que Sandro puisse se reposer sans souffrir de l'air climatisé. Je pensais voir Sam, mais non, c'était Adrien qui nous observait.

— Merci, ai-je dit. Ne vous inquiétez pas, il fera très bien son travail, c'est un professionnel.

— J'en suis certain.

Je n'arrivais pas à savoir si son sourire était moqueur ou sincère. Je voulais défendre Sandro qui venait certainement de perdre quelques points dans le cahier du grand patron.

— Il ira mieux dans quelques minutes.

— Je sais. Restez près de lui, il lui faut quelqu'un comme vous pour le rassurer.

Et il est parti en direction de la terrasse. J'avais l'impression qu'il venait de me dire un mot gentil.

J'ai envoyé Esther s'assurer que tout se passait bien à l'extérieur pendant que je consolais Sandro. Je ramassai mes pinceaux et mes poudres que je glissai dans ma ceinture à outils, achetée à la quincaillerie.

— Qu'est-ce qu'il t'a dit ? m'a demandé Sam en rentrant dans la suite. Pourquoi voulait-il te parler ?

— Qui, Weber ? Il m'a rien dit de spécial.

— Tu ne sais rien ? Pendant tout le voyage, il ne vous a donné aucun indice ? Je me demande vraiment ce qu'il veut…

— Non. Rien. Peut-être Esther a-t-elle appris quelque chose, mais il me semble qu'elle m'en aurait parlé.

— Cet homme n'est pas ici pour rien, a-t-il ajouté en s'approchant de moi. Il faut se méfier de lui.

— Pourquoi dis-tu ça ?

— Tu ne le connais pas. Toute sa vie, il s'est comporté comme un parfait égoïste. Son divorce a fait scandale, ses enfants… Tout n'est que profit, argent et insensibilité.

J'ai réalisé en l'écoutant que je ne connaissais pas du tout mon patron. Comme je ne travaille pas souvent pour lui, je n'ai jamais cherché à en savoir plus.

— Son divorce ? Je ne suis pas très au courant de ce qui s'est passé, ai-je dit en ramassant mon pot de poudre libre.

— Sa femme n'est plus que l'ombre d'elle-même. Elle souffre d'une dépression si profonde qu'on dirait un fantôme dans la nuit.

— Voyons ! Il l'a quittée brutalement ou quoi ?

— Je ne sais pas ce qui s'est passé, mais les effets sont là.

Je ne voulais pas laisser ma sœur seule avec Aria trop longtemps, pourtant j'avais de plus en plus envie d'en savoir plus sur cet individu. Esther était bien capable de se jeter dans la gueule d'un loup affamé, elle était si sensible aux apparences qu'elle en oubliait trop souvent l'essentiel.

Avant que je passe la porte menant à la terrasse, Sam m'a retenue.

— Ce soir, tu es libre ? Tu as envie qu'on aille manger quelque part ?

— Oui, bien sûr... j'en parle à Esther et...

— Non, juste toi et moi.

Il m'a fait un magnifique sourire, qui en soi voulait tout dire.

— Oh... oui... Bien sûr... ok...

Je planais. Alors que les autres marchaient, moi je flottais. Ce soir-là, je sortirais en tête-à-tête avec Sam. Tout mon corps vibrait. Même si je me disais : « Sois prudente, garde les pieds au sol, ne te laisse pas prendre. » Mon corps, ma tête et mon cœur ne s'entendaient plus entre eux.

J'étais victime d'un complot de mon âme, elle orchestrait l'ensemble de mes organes et ne me laissait plus le volant de ma vie.

Chapitre 17

Sur la terrasse, ils en étaient à la troisième prise. Irina, la réalisatrice, avait une patience d'ange. Elle reprenait, expliquait, roucoulait et tentait de recommencer une nouvelle fois. Le soleil plombait et à chaque arrêt, il fallait courir protéger les acteurs avec un parasol, pour leur donner un peu d'ombre et retoucher leur maquillage. Pour éviter que nous apparaissions dans la prise de vue, on nous avait demandé de rester à l'intérieur. Aria s'était encore trompée dans son texte et elle regardait partout autour d'elle à ma recherche.

— Miro ? Je n'arrive plus à parler, j'ai trop soif. Mon rouge à lèvres reste sur le verre et je dois boire, il fait tellement chaud. Je suis totalement déshydratée.

— C'est normal, ma chérie, pour une momie, a répondu Victor, sarcastique.

— Oh ! le croûton qui fait de l'humour maintenant. Tais-toi, vieux bouc, et garde ta salive pour tes répliques.

— Arrête, tu meurs d'envie de m'embrasser, Aria Laurent, je sais que tu es folle de moi… mais je résiste au chant de la sirène, tu ne m'auras jamais.

— Il se prend vraiment pour un tombeur, répondit la comédienne. Les pauvres filles… Elles doivent tellement souffrir, le lendemain matin, quand elles découvrent le vieux filet de pêche qu'elles ont ramassé.

— Au contraire, elles sont fières, tu sauras. Elles rêvent toutes de passer un moment avec leur artiste préféré.

— Leur artiste préféré? Toi? s'est moquée Aria. Laisse-moi te dire qu'elles seraient plus heureuses avec Michael Jackson.

— Mais qu'est-ce que tu racontes? Il est mort!

— Toi aussi, conclut-elle en lui tournant le dos.

Je n'arrivais pas à comprendre comment deux personnes, professionnelles et travaillant ensemble, pouvaient se parler sur ce ton. C'était un mystère. Quand la caméra tournait, ils étaient tout sourire, ils se regardaient amoureusement dans les yeux et hop! la réalisatrice criait « Coupez! » et les insultes fusaient.

J'ai rejoint Sam dans un coin du salon d'où on pouvait observer le tournage sans être vus. Encore étonnée par l'échange entre les acteurs, je lui demandai ce qu'il en pensait. Il m'a alors expliqué que les deux comédiens avaient déjà été amants. Peut-être, alors, avaient-ils toujours eu cette relation étrange, et qu'ils s'étaient toujours parlé ainsi? Ou bien s'adoraient-ils en secret? Cela aurait été tout à fait charmant, mais surprenant.

— J'ai réservé dans un resto sur le bord du canal. 7 h, c'est bon pour toi?

— Oui, parfait… parfait, ai-je répondu, intimidée.

J'ai vérifié que personne n'avait entendu. Je ne sais pas pourquoi je ressentais un malaise à imaginer que des gens pourraient apprendre que nous sortions tous les deux. Après tout, j'étais célibataire, lui aussi, pourquoi m'en faire?

Peut-être parce que sa réputation n'était pas très bonne. Gisèle, par exemple, essaierait peut-être de me convaincre de ne pas y aller, alors que j'en mourais d'envie? Je refusais de me demander où pourrait me mener cette relation. Il faut parfois se laisser aller. Mon médecin m'avait bien dit que je devais faire une place pour accueillir un nouvel amour. Il était impératif de ne pas m'enfermer à nouveau dans une armure.

Sam se dirigea vers la cuisine. On y préparait déjà une table sur laquelle on posait ce qu'on appelle dans le métier un *craft*, c'est-à-dire une collation pour l'équipe. Il y avait des fruits, une guacamole, de petits sandwichs et des biscuits. De quoi tenir jusqu'au prochain repas.

Je retournais vers la terrasse lorsqu'un tableau magnifique, au mur, a capté mon attention. J'avais l'impression d'être devant un Pellan, mais une telle œuvre avait peu de chances de se trouver en Floride selon moi.

Pourtant, à y regarder de plus près, il s'agissait bien d'un tableau de ce peintre québécois. Très coloré, il se mariait parfaitement au décor et, tout comme Gauguin, faisait vibrer les couleurs dans l'espace et le temps. Mon intérêt pour la couleur est ce qui m'a autrefois attirée vers les études en histoire de l'art.

— Il est superbe n'est-ce pas ? Je l'aime beaucoup.

C'était Adrien Weber, qui observait lui aussi le tableau.

— Oui, c'est vrai. On dirait qu'il prend son envol dans ce décor. Tout semble le mettre en valeur. La position des meubles, les couleurs du salon, la lumière venant de l'extérieur.

— Je pense que c'est l'effet recherché.

— C'est surprenant de retrouver une telle œuvre ici.

— Pourquoi ? Il y a de nombreux Québécois dans la région.

— Oui, mais cette suite appartient à l'hôtel…

— Non, cette partie de l'hôtel est vendue en copropriétés.

— Ah, voilà, je comprends.

— Pourquoi avez-vous laissé l'art pour le maquillage ?

— Mais le maquillage est un art ! ai-je rétorqué en souriant.

— Bien éphémère cependant.

— Oui, je sais. Mais quand je regarde mes pastilles de couleurs, je ressens un bien-être difficile à expliquer. Je ne suis pas peintre, mais l'artiste en moi a trouvé le moyen de s'exprimer. J'avais deux amis photographes dans un de mes cours à l'université. Ils ont eu besoin d'une maquilleuse pour des projets, j'avais un certain talent, ils m'ont engagée et je n'ai plus arrêté.

— Vous ne voulez pas terminer votre thèse sur Gauguin ?

— Un jour. Il serait magnifique ici. Une de ses œuvres pourrait prendre toute sa valeur dans un décor comme celui-ci !

— En effet. Qu'aimez-vous de lui ?

— Sa façon de voir la vie… Les premières années, il faisait émaner la couleur dans un univers gris. Même dans un décor éteint, il trouvait comment faire vibrer la vie. Et puis, il cherchait la liberté, un moyen de vivre à fond. Il y a eu la Polynésie, les Marquises, et sa palette a pu enfin éclater complètement. Ses tableaux respirent l'abandon. C'est ma façon de le voir. Le contraste entre sa vie grise et son univers lumineux.

— Cette dualité que nous avons tous en nous… entre la liberté et la contrainte… la lumière et l'ombre.

— Si on veut, oui… c'est ma perception de son œuvre.

— Intéressant.

J'ai entendu quelqu'un crier « Mario ! » au loin.

— On m'appelle, je dois y aller.

Sur la terrasse, Aria était debout près de la table, en colère. Victor était par terre, la main sur la joue. Elle venait de le gifler. Une marque rouge commençait à apparaître sur le visage de l'acteur.

— Esther, de la glace, vite ! ai-je lancé à ma sœur.

Elle est partie aussitôt pendant que je trempais une serviette de table dans le verre d'eau. Je l'ai mise sur la joue de l'acteur qui semblait un peu sonné.

— Apportez-moi à boire… et pas du jus de robinet ! Quelque chose de sérieux ! s'écria-t-il.

Sam a tout de suite compris et il est parti vers la cuisine.

— Je vais me reposer, a lâché Aria, hautaine. Profitez-en pour lui apprendre à jouer.

Weber lui a donné le bras pour qu'elle franchisse le pas de la porte. Je ne savais toujours pas ce qui s'était passé. L'urgence était d'empêcher cette joue d'enfler. J'avais ce qu'il fallait pour masquer une marque, mais si la joue se déformait, je ne pourrais pas vraiment le cacher, sauf si on plaçait la caméra selon un angle différent.

Le tournage du reste de la journée était menacé. Nous allions devoir utiliser toutes nos connaissances en psychologie, empathie, sympathie et, pourquoi pas, hypnose pour calmer la situation.

Je suis retournée à l'intérieur pour aller chercher une serviette qui me permettrait de mettre de la glace sur la joue de Victor. J'ai alors remarqué Adrien, assis avec Aria dans le coin boudoir. J'étais surprise de constater qu'elle se confiait à lui en toute simplicité, comme s'ils se connaissaient depuis longtemps.

Elle était maintenant d'une humeur délicieuse. Elle riait, se montrait charmante. J'avais l'impression qu'elle était complètement séduite par notre patron.

En l'observant, je me suis répété que je devais en apprendre davantage sur lui, et je résolus de profiter de ma soirée avec Samuel pour le questionner à son sujet. Je devais savoir sur qui ma sœur avait décidé de jeter son dévolu, pour mieux la protéger si c'était nécessaire.

Au même moment, Esther arriva avec son seau rempli de glace. Je l'ai attirée vers la terrasse pour qu'elle ne voie pas ce qui se passait dans le boudoir.

Sam était en train d'examiner la joue de Victor et nous a regardées en faisant non de la tête. Nous avons mis les glaçons dans la serviette, mais il était clair qu'on ne pouvait plus tourner de scènes avec lui pour aujourd'hui. D'ailleurs, l'acteur, qui buvait ce qui ressemblait à du bourbon, n'était non plus tout à fait en état d'interpréter son personnage.

Qu'allions-nous faire ? Il n'était que midi et nous n'avions tourné que deux des cinq scènes prévues ce jour-là !

Sam et la coordonnatrice ont pris le plan de travail et sont allés examiner l'horaire. Pouvions-nous tourner des scènes avec Aria seulement ? À moins de modifier le scénario pour y ajouter une séquence où l'acteur recevait une gifle ? Toutes les idées étaient les bienvenues. L'auteur, qui avait refusé de faire le voyage, serait contacté par téléphone. Nous ne pouvions pas perdre une demi-journée de travail.

Adrien Weber s'est joint à nous. Joseph et Gisèle se sont installés dans la cuisine, puisque Aria s'était couchée dans le lit de la chambre assignée à l'habilleur. C'était là qu'il gardait les costumes de la série, que les acteurs se changeaient. Sandro était toujours dans son divan, défait, cerné. C'était clair qu'il aurait souhaité que le tournage soit annulé.

Plus la journée avançait et plus l'appartement ressemblait à un refuge pour âmes en peine.

J'ai alors osé une proposition du bout des lèvres. Je n'étais pas certaine que mon idée soit bonne et j'avais peur de faire rire de moi, surtout par Sam. Je me suis tout de même lancée.

— Et si on tournait leur premier repas après un après-midi amoureux, à la place?

— Un tournage en fin de journée? a dit Adrien.

— L'éclairage serait plus tamisé, a compris Sam qui ne semblait pas détester ma suggestion.

— Mais on verrait tout de même un peu l'enflure, a objecté Isabelle.

— À moins de changer de côté, a proposé la réalisatrice.

— Et puis, pourquoi ne pas ajouter une scène? Du nouveau au scénario : une rencontre entre le père et sa fille, a ajouté Weber. Il lui dit qu'il est tombé amoureux, elle, furieuse, le gifle. Ensuite, il va rejoindre Aria, ils passent l'après-midi ensemble et font apporter le souper sur la terrasse. C'est excellent. On appelle le scénariste. On trouve une jeune actrice du Québec en voyage dans le secteur, il doit bien y en avoir une. Pas besoin qu'elle soit géniale, seulement qu'elle sache donner une gifle.

Weber lançait les ordres et dirigeait le plateau. Je sentais Sam nerveux, il n'aimait pas qu'on prenne sa place. Mais avait-il le choix?

Tout le monde partit dans toutes les directions. Adrien vers la chambre où se trouvait Aria pour lui expliquer le nouvel horaire. Irina a enlevé à Victor son verre d'alcool. Sam devait appeler l'auteur, et les autres cherchaient une comédienne en visite dans le secteur. Il faudrait aussi lui trouver un costume et écrire la scène assez rapidement.

La séquence serait tournée le lendemain, si possible, pour ne pas perdre de temps. En télévision comme au cinéma, chaque heure de retard se transforme en argent perdu. Nous le savions.

Pendant que je changeais la serviette de glaçons de Victor, Adrien est venu me trouver dans la salle de maquillage.

— Merci, m'a-t-il dit. Vous avez eu une excellente idée. Je vous en dois une.

— De rien. Je suis contente qu'on ait une solution.

Quelqu'un l'a appelé et il est reparti. J'expliquai à Victor ce qui avait été décidé. J'espérais que le froid l'aiderait à dégriser un peu, je me demandais combien de verres il avait bus. Il ne devait surtout rien avaler d'ici trois heures, sinon il serait incapable de prononcer un mot. Il avait la bouche molle et le regard fuyant.

Sam est entré à son tour et m'a fait signe de le rejoindre de l'autre côté de la pièce.

— Je suis désolé, mais avec ton idée, on ne pourra pas sortir ce soir. On devra remettre notre souper à une autre fois.

— Je comprends. Nous tournons à quelle heure ?

— Dès 16 h. Mais nous pensons faire des *beauty shots* après. Il y a un quartier de lune dans un ciel qui s'annonce sans nuage, et les images pourront être ajoutées au montage.

Les *beauty shots* sont des prises de paysages ou d'objets, insérées pour créer une ambiance, par exemple.

J'avais donc ma soirée libre. Ils n'auraient pas besoin de moi pour ce tournage. Cependant Sam devait rester avec l'équipe. J'étais un peu déçue, mais le séjour venait de commencer et nous avions du temps devant nous.

— On se reprend une autre fois, ai-je murmuré, sans arriver à cacher vraiment ma déception.

— Demain, je crois que ça sera possible.

— Kili-Anna ! a alors crié notre acteur à moitié endormi.

— Pardon ? a fait Sam, intrigué.

— Oui, la jeune chanteuse. Ce n'est pas une actrice, mais c'est la fille d'une amie et elles sont en vacances dans le coin… je ne sais pas où exactement. Elle me ferait une fille superbe, elle est tellement adorable, a expliqué un Victor très satisfait de sa trouvaille.

— Je m'en occupe, a répondu Sam, enthousiaste.

Kili-Anna ? La jeune chanteuse ? Celle qui n'avait que deux expressions faciales ? J'avais des doutes, mais bon, si elle venait faire une scène, toute l'équipe lui serait reconnaissante.

Adrien et Aria sont entrés à ce moment. Et pendant que je m'essuyais les mains, un vrai vaudeville s'est joué devant moi. Aria, poussée par le patron, avançait fièrement.

— Victor, je suis désolée. Voilà c'est dit. Je n'aurais pas dû réagir si brusquement. Tu me connais, je suis vive.

— Je n'appelle plus ça vif ! Tu manquais d'exercice ou quoi ? a lancé Victor en rigolant. Tu es de plus en plus exécrable. Qui va vouloir jouer avec toi ?

— Ne me mets pas en colère… Je te demande pardon, ne tente pas trop ta chance.

Adrien a adressé à Aria un signe de la main, pour lui rappeler d'y aller doucement.

— Puisqu'il faut faire ces scènes d'amour ensemble… soyons amis. Les textes sont déjà assez mauvais, s'il faut en plus qu'on se dispute…

— Là-dessus, tu as raison, mais heureusement, je vais avoir une fille… Tu te rends compte ?

— Tu es enceinte ? Enfin, tu as mis une fille enceinte ? a demandé Aria d'un air horrifié.

— Mais non ! Mon personnage est papa… tu ne le savais pas ? Eh bien, moi non plus. J'adore ces changements de dernière minute, ça met du piquant. Alors, si on ne reprend qu'à 16 h, je vais aller faire un petit tour et je reviens plus tard.

Il a à peine eu le temps d'essayer de se lever qu'Adrien nous faisait sortir, Aria et moi.

— Victor, vous restez ici. N'essayez pas de vous enfuir, la porte est verrouillée. La salle de bains ne mène nulle part. Reposez-vous, nous n'ouvrirons que lorsque tout sera prêt.

Il a fermé la porte à clé et nous avons entendu le pauvre Victor, obligé de rester sobre, geindre de rage.

— J'ai mérité mon tête-à-tête, Adrien ? a alors dit Aria. J'ai fait tout ce que vous m'avez demandé. Maintenant, je veux vous parler de mon projet. Je vous attends dans ma chambre au troisième étage.

Elle est sortie, souriante. Je la trouvai encore plus méprisable. J'ai vu Esther rager dans son coin. Weber offrait donc des faveurs à ceux qui faisaient ce qu'il demandait ? C'était ce qu'il avait voulu dire par : « Je vous en dois une » ? Eh bien, je ne réclamerais jamais mon dû. Il pouvait bien rêver, mais pour moi, il n'en était pas question.

Chapitre 18

Nous avions quelques heures pour aller au soleil. Esther et moi avons attrapé nos maillots de bain et trouvé un taxi à l'hôtel pour nous conduire à la plage. Il fallait profiter de ces moments qui nous étaient offerts pour emmagasiner de la lumière et cette chaleur qui se ferait si rare à notre retour à la maison.

La plage de sable blanc était immense. Nous avons loué deux chaises longues, glissées sous de curieux parasols comme de petits refuges bleus. Un demi-dôme très joli qui nous a permis de ne pas brûler sous ce soleil de plomb. Un après-midi à lire, se baigner, ramasser des coquillages, rire et... parler de nos amours.

Celles de ma sœur ne semblaient pas aller très bien. Adrien, quoi qu'elle tentait comme approche, ne paraissait pas s'intéresser plus à elle qu'à Aria.

— Veux-tu me dire ce qu'il peut trouver à cette hystérique ? m'a-t-elle demandé. Elle a été jolie, mais elle vieillit.

— Elle n'a que trente-cinq ans, il ne faut pas exagérer.

— Peu importe, c'est une harpie… Tu as entendu comment elle traite le pauvre Victor ?

— Oui, je sais, mais c'est une relation qu'ils ont et les deux se renvoient la balle, lui ai-je expliqué.

— Il fait pitié. Elle l'a frappé, ça ne se fait pas.

— Elle a un don pour attirer l'attention.

— Tu crois qu'il va succomber ?

— Victor ?

— Non, voyons, Adrien. Tu penses qu'il va avoir une liaison avec elle ?

— Aucune idée, ai-je répondu. Il est si difficile à cerner.

— Tu savais que l'appartement appartient à sa femme ?

— Lequel ? Celui où on tourne ? C'est chez elle ?

— Son ex-femme en fait. Oui, c'était à lui, mais il le lui a laissé au moment du divorce.

— Non, je ne savais pas, mais pourquoi ne me l'a-t-il pas dit ?

— Pourquoi t'en aurait-il parlé ? a-t-elle demandé. C'est Sam qui nous a raconté ça ce matin.

— Tu as parlé à Sam ?

— Il n'arrête pas de me poser des questions. Il a l'impression que je sais des secrets sur Adrien. Pourquoi il est là? Qu'est-ce qu'il cherche? De quoi il parle? Il est embêtant avec ça.

— Il est inquiet. Il me l'a dit.

— Mais bon… je ne sais rien et je ne vais pas me mettre à interroger Adrien, il pourrait mal le prendre. Moi, la raison de sa présence m'importe peu. Il fait ce qu'il veut… mais s'il m'épouse, je veux exactement le même condo que sa femme.

Je fermai les yeux et laissai les rayons de soleil jouer à travers mes paupières. Des volutes dorées dansaient. Je voulais rêver et me sentir vivante. J'étais contente d'être ici avec ma sœur. Me demandant avec qui d'autre j'aurais pu faire ce voyage, je réalisai que j'avais fait le vide autour de moi. Où étaient mes amis d'avant? M'avaient-ils laissée tomber lorsque j'étais au plus bas, ou si c'était moi qui les avais repoussés?

Il y avait ceux qui étaient au fait des tromperies d'Éric et ne m'avaient rien dit, mais pouvais-je encore leur en vouloir? Qu'aurais-je fait à leur place? Qui a vraiment envie de causer une si grande douleur? Personne ne veut être celui qui crèvera le cœur d'un ami. Si j'étais honnête avec moi-même, je devais admettre que je n'avais pas dû être la fille la plus agréable à fréquenter depuis deux ans. Amère, déçue, distante, tous ces qualificatifs m'allaient parfaitement, et mon comportement aurait repoussé l'ami le plus fidèle.

J'ai pris mon cellulaire et vérifié si j'avais accès à un réseau. Deux barres, c'était tout ce qu'il me fallait pour tendre une perche à ces gens que j'avais délaissés depuis trop longtemps. J'ai écrit un mot gentil à mes amis les plus précieux, c'était une bouteille à la mer. Ceux et celles qui devaient revenir dans ma vie répondraient sans hésiter. J'étais heureuse de cette décision de reprendre ma vie où je l'avais laissée. J'avais envie de nos soirées entre amis à discuter de tout et surtout de rien. Oh oui, rire et nous amuser de nos petits travers.

Je me suis installée sur ma chaise longue, détendue, confiante. Je glissai doucement dans des rêveries enjolivées par les particules dorées que le soleil baladait sur mes cils.

Cependant une pensée s'immisça dans ma bulle d'or. Pourquoi Weber ne m'avait-il pas dit que l'appartement était la propriété de son ex-femme quand nous avions parlé du tableau? Se moquait-il de moi? Se croyait-il au-dessus de nous? Pire, essayait-il de jouer les humbles, pour ne pas nous faire sentir pauvres et misérables? Il y avait quelque chose qui n'était pas clair chez cet homme. Il me semblait du moins qu'il aurait dû m'en glisser un mot, m'expliquer que c'étaient sa femme et lui qui avaient choisi cette œuvre si bien intégrée à la pièce.

J'ai un bon instinct, je l'ai développé avec mon travail. Je dois vite saisir les gens, ce qu'ils sont, ce qu'ils veulent, s'ils aiment ou pas le maquillage que je leur ai fait. J'avais l'impression que cet homme mentait au sujet de sa présence sur le tournage. Sam avait raison de se poser des questions et j'allais tenter de trouver les réponses pour lui. Si je mettais le doigt sur le problème, je pourrais aussi aider ma sœur à éviter un piège. Toutes les filles voulaient séduire Adrien, il n'avait qu'à demander pour qu'elles se lancent dans son lit. On avait bien vu avec quelle facilité il avait embobiné Aria.

C'était sans doute un homme sans scrupules. Il n'aurait aucun égard pour les gens travaillant depuis longtemps sur cette production. Il pouvait couper là où il le voulait. Un flash m'a fait me dresser sur ma chaise. Et si ce qu'il voulait était justement le poste de Samuel ? N'avait-il pas pris les rênes de la production depuis son arrivée ? Il avait aussi pris sa place dans le minibus... Je pensais avoir trouvé le début de la réponse.

Un homme qui a tout devait avoir envie de s'amuser, et ce poste devait ressembler à un jeu pour un personnage comme lui. Il avait déjà commencé à remplacer le pauvre Sam, et je comprenais tout à coup pourquoi il se sentait tellement nerveux. Voilà ! Je devais en parler à Sam, lui faire part de mes impressions.

De toute façon, il était temps de repartir. Nous devions prendre une douche, nous changer et aller secourir le pauvre Victor qui devait ruminer, enfermé dans la salle de maquillage.

Chapitre 19

De retour à l'appartement, nous avons trouvé Victor qui boudait, toujours furieux d'avoir été séquestré. Aria est venue s'installer sur ma chaise, souriante.

— Gino, c'était très joli ce matin. J'adore que les gens pensent que je me réveille ainsi. Tu refais exactement la même chose, d'accord ?

— Oui, bien sûr.

— Elle ne s'appelle pas Gino, mais Mario, a lancé Victor. Tu le fais exprès. En plus, regarde, c'est écrit sur sa mallette.

— Ah oui, pardon… j'avais pas remarqué. J'ai tellement de texte à apprendre, j'ai de la difficulté avec les prénoms, a répondu Aria, souriante.

— N'importe quoi, a ajouté l'acteur.

Dès qu'Esther eut terminé de le maquiller, ils sont partis ensemble vers la terrasse, nous laissant seules, Aria et moi.

— Il devient irritable quand il n'a pas bu… mais s'il boit, il est totalement exécrable. Désolée, je vais essayer de me souvenir de ton prénom… Elle a mis un doigt sur sa tempe comme si elle cherchait à enregistrer ce détail.

Bien entendu, je n'y tenais plus. Je voulais obtenir des informations au sujet de notre patron, mais comment interroger l'actrice sans montrer mon jeu ? Profiter de notre complicité artificielle, aussi subite qu'étonnante ? Pourquoi pas.

— Vous semblez avoir eu un après-midi agréable, ai-je dit innocemment.

— Pas trop mal.

— Il me semble que votre peau est plus lumineuse. Généralement, ça indique que l'amour est dans l'air.

— Mais il est indomptable, cet homme, m'a confié la comédienne. J'ai tout essayé, il ne cède rien. Nous avons parlé de mon projet de film, j'aimerais qu'il investisse dans cette production, mais sinon… Il est gentil, mais… Tu crois que je lui plais ? Parce que je ne sais plus quoi en penser. Il est peut-être gai après tout. Ce n'est pas parce qu'il a été marié… Enfin, je ne sais plus.

— Je croyais que vous…, ai-je avancé. Mais j'ai dû me tromper

— Non, non… vas-y, dis-moi… Tu vois les gros titres si nous étions ensemble ? Nous serions un couple incontournable pour les lancements. Le couple le plus en vue.

Ses yeux brillaient d'expectative. Elle salivait presque à l'idée d'être sur toutes les premières pages de magazines. J'ai presque eu de la peine pour Adrien, convoité ainsi par des femmes qui ne songeaient qu'à ce qu'il pouvait leur apporter.

— Quand vous vous êtes quittés plus tôt, je croyais que… mais je me suis trompée.

Elle m'a fait signe de me rapprocher d'elle.

— J'ai vu que ta sœur était souvent dans son sillage…, a-t-elle murmuré. Il n'aurait pas essayé de la… de lui… Enfin, tu comprends ?

— Non, je ne pense pas. Esther ? Non…

Ne pas laisser planer de doute. Aria aurait pu devenir venimeuse pour ma sœur. Il ne fallait pas insinuer quoi que ce soit, Aria serait capable de cruauté envers Esther.

— Si une femme lui plaît ici, c'est vous, l'ai-je rassurée.

— Je ne vois pas d'ailleurs à qui d'autre il pourrait s'intéresser, a-t-elle conclu, convaincue.

J'ai décidé de me taire pour la laisser se lancer dans un monologue instructif.

— À moins… qu'il ne soit encore amoureux de son ex-femme ?

— Vous croyez ? ai-je demandé.

— Oh, c'est compliqué, cette histoire. Elle avait un amant, il l'a quittée, c'est normal. La pauvre n'est plus que l'ombre d'elle-même. Je ne sais pas pourquoi, mais on dirait qu'il s'accroche à elle. Nous sommes chez elle ici, elle lui loue l'appartement. Je suis certaine que c'est une façon de se rapprocher d'elle. De rester un peu dans son univers.

Sa femme avait eu un amant ? Lui aussi avait été trompé. Curieusement, je le trouvais déjà plus sympathique puisqu'il avait souffert comme moi. Comme si nous formions un clan, les trompés au cœur brisé.

— Et puis, il a envoyé ses enfants en pension, a-t-elle continué. Il a eu raison, un homme aussi important que lui ne peut pas s'encombrer d'adolescents. Sa femme ne s'en occupait plus... Que pouvait-il faire d'autre ? Non, il a bien fait.

— Hum hum...

J'émettais des petits sons pour l'encourager à continuer.

— Tu te rends compte, Dario, il fait partie des cinq plus grandes fortunes du pays ! J'en ai le vertige juste à y penser. C'est colossal.

— Ah !

— Ça lui vient de son arrière-grand-père... Certains ont dit que c'était de l'argent mal acquis. Mais qui sommes-nous pour juger d'événements qui se sont déroulés au siècle dernier ? S'il n'a pas été arrêté à l'époque, c'est qu'il n'avait rien fait de mal... Donc, pourquoi Weber devrait-il se sentir coupable d'être riche ?

J'avais terminé et je ne pouvais pas étirer la séance plus longtemps. On nous attendait sur la terrasse. Toute l'équipe était prête. Le soleil baissait, et la prise serait encore plus belle que celle du matin.

J'observais Adrien du coin de l'œil. Je réalisais à quel point on ignorait tout de lui. Il avait sûrement souffert comme nous tous, il avait certainement eu ses moments difficiles lui aussi.

Nos regards se sont alors croisés et il m'a souri. J'étais terriblement gênée qu'il m'ait surprise en train de le regarder. J'ai répondu à son sourire, ne sachant pas quoi faire d'autre.

Les choses s'enchaînaient rapidement sur le plateau. Victor voulait que la journée se termine, il donnait donc tout son potentiel et Aria suivait son rythme. À cette vitesse, le tournage ne durerait pas longtemps.

Je suis allée me chercher un verre d'eau tout en espérant croiser Sam.

— Mario… merci pour tout, m'a dit Samuel. On a trouvé Kili-Anna.

— Ah, tant mieux.

— Ce soir, nous ferons une prise avec elle, au bar de l'hôtel où elle chante. Elle a exigé qu'on présente une partie de sa chanson pour accepter la proposition.

— Donc, tu vas avoir besoin de moi?

— Non… C'est Esther qui nous accompagne, c'est déjà réglé.

— Pardon? Je ne comprends pas.

— Kili-Anna sera déjà maquillée, elle fait une séance de photos en ce moment pour la couverture de son album… On n'a besoin que de retouches.

— Je peux les faire.

— Mais Esther ne coûte que la moitié du prix...
Si tu n'es pas d'accord, va voir le grand argentier.

Et il m'a indiqué Weber du menton.

Le patron m'avait souri comme si de rien n'était
et il avait eu le culot d'économiser quelques dollars en
décidant d'envoyer ma sœur pour un tournage important. Économie de bouts de chandelles. Je sentais la colère
monter en moi.

J'ai alors répété à Sam ce que m'avait dit Aria.
Qu'il lui avait résisté et qu'il hésitait à investir sur un
projet qu'elle lui avait proposé. J'ai ajouté l'idée que
j'avais eue sur la plage au sujet de son poste, lui révélant
que je pensais que notre patron, ce généreux mécène,
songeait à le remplacer par nul autre que lui-même...
Belle économie.

J'ai vu Samuel changer de couleur. Il voyait bien
que j'avais raison. Tout allait dans cette direction.

— Il en serait bien capable, tu sais, a-t-il répondu.

— Je commence à le croire.

— Je suis désolé pour ce soir. Mais si on finit tôt,
si tu veux, on pourrait aller pendre un verre quand j'irai
reconduire Esther à votre cottage. Le tournage doit se
terminer vers 10 h, ça nous laisse quand même un peu de
temps, surtout que demain, on commence plus tard.

— Pourquoi pas. Mais c'est moi qui l'offre, je te
l'avais promis. Tu mérites bien un verre, si tu m'avais vue
sur la plage cet après-midi... C'était le paradis, j'ai dit en
riant doucement. Il faut que je te remercie pour ce plaisir.

— Parfait. C'est un rendez-vous.

J'étais à nouveau un papillon virevoltant dans le salon et je me suis mise à chantonner tout bas. J'avais le bonheur ostentatoire. C'était la même chose à l'époque d'Éric, mon ex.

Venais-je de le nommer sans que mon cœur se brise ? Depuis des mois j'évitais le plus possible de prononcer son nom, même dans ma tête, car la douleur était encore trop vive. Je n'avais même pas eu de vertige en disant « Éric » ?

J'allais vraiment mieux.

Donc, à l'époque d'Éric, j'étais toujours heureuse, mon bonheur affiché ne pouvait échapper à personne et je l'avais regretté par la suite. Cette fois, je devais garder les pieds sur terre. Oui, mais comment ?

Je ne désirais plus qu'une seule chose, que cette journée finisse et que la nuit vienne mettre la table à mes rêves les plus fous.

Chapitre 20

Nous commencions à ramasser notre matériel et je voulais savoir ce que faisaient les autres. Je n'avais pas envie de passer les prochaines heures à attendre seule dans mon coin.

Je suis allée dans l'autre chambre interroger Joseph et Gisèle. Cette dernière suivait l'équipe pour le tournage avec Kili-Anna. J'ai donc proposé à Joseph qu'on aille manger ensemble, mais il avait déjà promis à Sandro de passer la soirée avec lui. J'aurais voulu les accompagner, mais il préférait y aller seul.

Gisèle m'a alors amenée dans le corridor pour me raconter qu'elle avait surpris Weber en train d'écrire mon nom dans un petit calepin. J'ai sursauté.

— Il a écrit quoi ?

— Je n'ai vu que ton nom... Il s'est rendu compte que j'étais derrière lui et a refermé son carnet avant que je puisse en voir plus.

— Pourquoi je ne suis pas surprise ? ai-je avancé. Il a compris qu'il pouvait payer la moitié du cachet à une débutante, et voilà. Il ne veut qu'économiser de l'argent.

— Il paraît que sa femme arrive demain, c'est pour cette raison que nous devions terminer le tournage aujourd'hui. Mais finalement, on n'aura pas le choix et elle va devoir nous supporter. La pauvre, a murmuré Gisèle.

— L'atmosphère ne va aller qu'en s'améliorant ici, ai-je ajouté, moqueuse.

Le jeu d'Adrien Weber était de plus en plus clair. Il s'était d'abord joint à notre groupe pour mieux enquêter sur notre travail. Il avait pris la place de Samuel dans le minibus à la dernière minute, ce qui lui permettait de nous surveiller. Ensuite, en se rapprochant de ma sœur, il avait réalisé qu'il y avait des économies à faire dans ce département. Qui serait le prochain visé ?

Mais pourquoi ne pas mettre tout simplement fin à la production ? Qu'il annonce quelques mois à l'avance qu'il arrêterait les tournages, et chacun pourrait trouver un emploi ailleurs. Un peu d'élégance n'a jamais fait de mal à un employeur, et sa réputation n'en aurait été que meilleure.

La pauvre Suzie, la maquilleuse officielle, ignorant ce qui se tramait derrière son dos, ne pouvait pas se défendre. Pourtant, depuis des années qu'elle était sur ce plateau beau temps mauvais temps, elle méritait d'être respectée. Je devais trouver un moyen de protéger Suzie et Samuel. Si seulement je savais comment. Pour l'instant, je ne voyais pas, mais mon imagination allait sûrement m'aider. Ce soir, je pourrais en parler avec Sam et à deux, nous y verrions plus clair.

En attendant, j'ai donné quelques indications à Esther au sujet de la jeune chanteuse et je suis partie après avoir envoyé la main à Sam. Je n'avais pas sitôt passé la porte que Weber me rattrapait.

— Marjolaine, je suis désolé pour ce soir. Vous avez ce qu'il faut pour souper?

Quel paternalisme! Il me prenait pour qui, une gourde mal prise dans un pays inconnu? J'étais de mauvaise humeur et il me fallut toute mon énergie pour rester agréable.

— Oui, merci… Je suis très débrouillarde, ne vous inquiétez pas, ai-je répondu froidement.

— Ce n'est pas ce que je voulais dire, c'était maladroit. Je ne veux pas que vous soyez seule, et si vous l'êtes, eh bien…

— J'ai un rendez-vous, ai-je dit en levant la main pour l'arrêter. Je suis très bien organisée.

— Je suis… désolé… Donc, vous avez un engagement? Bien… parfait alors.

Il semblait presque déçu. Envisageait-il de me proposer une sortie? Il croyait vraiment que je ne devinais pas son jeu? Il allait me faire parler du travail des autres. Après un verre ou deux, il me ferait dire des choses dont il pourrait se servir pour couper encore plus de dépenses sur cette production, alors qu'elle était déjà à bout de souffle. Je préférais mon projet de soirée: piscine, lecture en mangeant un plat tout simple acheté à l'épicerie, et préparation pour mon verre de fin de soirée.

— Bonne soirée alors… et puisque vous acceptez les rendez-vous, j'aimerais bien vous réserver pour demain soir. Nous terminerons vers 8 h. Je désire que nous parlions ensemble, de tableaux, de Gauguin et de télévision.

J'étais éberluée. Que répondre? Je ne pouvais pas mentir et prétendre avoir déjà une invitation, et d'un autre côté, je ne pouvais pas accepter.

— Eh bien, je risque d'être très fatiguée.

— Nous serons deux. Ce sera très simple, ne vous en faites pas.

J'eus envie de rire. Parce qu'en plus, il allait faire les choses simplement? Dans un restaurant de cuisine rapide peut-être? Je nous voyais assis de travers à une table en fibre de verre, en train de dévorer des hamburgers.

— Je vous amuse?

— Non non, c'est que… Non non, parfait pour demain.

— Je voulais vous dire aussi, dans deux jours, nous tournons sur une île au large, m'a-t-il expliqué. Nous partirons en bateau tôt le matin, et comme il n'y a pas beaucoup de places à bord, j'aimerais que vous veniez seule.

— Il y aura combien de comédiens? ai-je demandé.

— Deux, Aria et Victor.

— C'est bon… Je donnerai congé à ma sœur.

— Parfait. J'ai fait quelque chose qui vous a déplu ? a-t-il ajouté. On dirait que vous êtes en colère contre moi et j'aimerais bien savoir si j'ai fait ou dit quelque chose.

— Pas du tout... C'est sûrement la fatigue.

Il m'a souri et m'a encore souhaité une bonne soirée.

Note à moi-même : M'exercer devant le miroir pour que mes émotions ne se lisent plus aussi facilement sur mon visage.

J'avais oublié ce déplacement en bateau. Nous allions tourner sur une île à une heure de la côte. Un endroit paradisiaque, si j'en croyais les photos que j'avais vues dans le plan de tournage. Nous ferions l'aller-retour dans la même journée. Esther pourrait en profiter pour passer du temps à la plage et se détendre.

J'ai pris la navette qui nous conduisait à nos bungalows et j'ai demandé au chauffeur de me laisser cinq minutes à l'épicerie. J'ai attrapé du jus d'orange fraîchement pressé, une salade déjà préparée et un poulet rôti qui ferait de bons sandwichs.

Après avoir mangé légèrement, j'ai enfilé mon bikini qui avait eu le temps de sécher. Sur la porte, une affiche nous informait que la piscine fermait dès la tombée de la nuit. Malgré la pénombre, je me suis glissée dans l'eau sans faire de bruit et j'ai fait quelques longueurs. Sur le dos, le spectacle des étoiles était magique et je me sentais comme une gamine qui faisait un mauvais coup, mais qui en même temps en était très fière.

Chapitre 21

Du salon, où je lisais, j'ai entendu du bruit. Il venait de la porte. J'ai ouvert à ma sœur qui riait tellement qu'elle arrivait à peine à marcher. Sam portait sa trousse de travail et sa chaise pliante. Il s'amusait aussi et j'étais un peu vexée de ne pas savoir ce qui se passait.

Esther essaya de me raconter la blague, mais n'y arriva pas. Sam m'a fait un clin d'œil pour me dire qu'il m'expliquerait plus tard. Ma sœur est entrée et je l'ai suivie des yeux. Avait-elle bu ? Elle semblait sous l'effet de quelque chose, un truc qui fait rire sans raison. Du pot peut-être ? J'ai senti la colère monter en moi d'un coup. Je la laissais seule quelques heures, et elle trouvait le moyen de faire la fête ? Elle m'avait pourtant promis.

— Tout s'est très bien passé. Tu es prête ? a demandé Sam.

— Oui, mais... Elle est dans un tel état, ai-je ajouté, inquiète.

— Non, elle est de bonne humeur, ne t'en fais pas. Je crois qu'elle a seulement besoin de quelques heures de sommeil.

J'hésitais, mais ma sœur s'était servi un verre d'eau et bâillait à s'en décrocher la mâchoire. La fatigue pouvait causer des fous rires idiots, je le savais. J'ai donc attrapé mon sac et après avoir salué Esther, nous sommes partis vers la voiture.

Sam m'a gentiment raconté la soirée de tournage. Finalement, je n'aurais pas été très utile. Kili-Anna avait chanté sa chanson deux fois, ensuite ils avaient tourné la claque à Victor, et la réalisatrice avait annoncé la fin du tournage.

Il mourait de faim et m'a amenée sur une terrasse, au bord du canal qui longe une grande partie du nord de la Floride. Un groupe de musiciens dans la cinquantaine interprétait de vieux succès des années soixante-dix et quatre-vingt.

On entrait dans le restaurant par une grande porte, mais aussitôt à l'intérieur nous découvrions qu'il était ouvert sur trois côtés. On nous a conduits à une table près de l'eau. Ce n'était pas un restaurant luxueux, mais c'était chaleureux et sympathique. Un quai s'avançait sur quelques mètres, un bar, au centre d'une piste de danse, accueillait des clients.

La musique nous empêchait de nous entendre facilement. Ce n'était pas un endroit pour discuter, mais plutôt pour s'amuser. Nous devions parler fort et je me penchais au-dessus de la table pour ne pas avoir à crier. J'avais attendu cette rencontre toute la journée. Cependant, je ne savais pas si c'était la fatigue ou la musique, mais nous semblions peiner pour trouver des sujets de conversation. De plus, mes blagues ne trouvaient aucun écho. Avait-il perdu son sens de l'humour ?

Je lui ai confié les révélations d'Aria, ses doutes sur l'orientation sexuelle de Weber, ce qui sembla beaucoup amuser mon compagnon. Samuel était visiblement intéressé, mais il ne posait pas de questions, ce qui rendait les échanges difficiles. Chaque fois que j'abordais un sujet, il tombait rapidement à plat. J'avais l'impression de faire la conversation toute seule et d'extraire chaque réponse de lui, comme si je tirais de l'eau une ancre de bateau.

Il a commandé à manger et j'ai pris un mojito aux pêches. Le bar en offrait de toutes les sortes et j'avais l'intention d'en essayer au moins deux.

Après deux bières, Sam a commencé à se détendre et la conversation est devenue plus facile. Je le sentais moins sur la réserve. Il était vraiment séduisant. Chaque fois qu'il souriait, des frissons me parcouraient le dos.

Il m'a dit qu'il avait pensé à mes suppositions et qu'en fin de compte, il n'était pas inquiet côté travail. Qu'il avait des propositions de la part d'autres productions, et tant pis s'il devait quitter celle-ci avant la fin. Comme tout le monde, il en avait assez de travailler avec les mêmes acteurs, et un peu de changement dans sa vie ne pourrait pas nuire.

J'aimais la façon réfléchie avec laquelle il abordait le problème.

— J'imagine que j'aurais fait la même chose à la place de Weber. Quand on doit couper, on n'a pas beaucoup de choix. C'est souvent dramatique, mais on ne peut rien y faire. J'ai l'habitude.

— J'espère seulement que Suzie n'aura pas d'ennuis.

— Impossible ! Aria ne jure que par elle. Il ne peut pas la remplacer. Pas même par ta sœur, qu'il semble trouver très attirante, a-t-il dit avec un soupçon de curiosité.

— J'avais cette impression aussi pendant le voyage, mais on dirait que depuis notre arrivée, il ne la voit plus.

— Mais ce soir, c'est elle qui était là et pas toi.

— A-t-il fait des avances à ma sœur ? tentai-je, un peu coquine.

— Il n'était pas là. Je ne l'ai pas vu de la soirée.

— Non ? Tiens, il voulait peut-être m'inviter après tout, dis-je à voix haute en repensant à ce que m'avait dit Weber plus tôt. Il m'a demandé ce que je faisais ce soir, ai-je ajouté pour mesurer l'effet que cette révélation aurait sur Sam.

— Tu aurais accepté ?

— Non, j'ai dit que j'étais prise.

— Là, je ne comprends plus rien. Je pensais qu'il s'intéressait à ta sœur, a ajouté Sam, sans l'ombre d'une pointe de jalousie.

— En effet. Je m'y perds aussi. Tu sais que sa femme arrive ?

— Pardon ? Quoi ? a-t-il presque crié d'étonnement.

— Gisèle m'a dit qu'elle serait là demain. Chez elle, pendant le tournage.

Il s'est appuyé sur le dossier de sa chaise comme s'il venait d'apprendre une excellente nouvelle.

— On dirait que ça te fait plaisir.

— Je n'en reviens juste pas... et il allait nous annoncer la nouvelle quand ?

— Bonne question.

La soirée avançait et la fatigue me gagnait. L'après-midi à la plage m'avait épuisée et j'avais hâte que Sam me fasse une déclaration, me parle de lui ou de notre relation. J'allais bientôt tomber de sommeil et tout devrait s'arrêter là.

Il a dû deviner l'effet des mojitos, surtout du troisième, car il a proposé de me raccompagner.

Je l'ai suivi avec l'impression qu'il aurait pu m'emmener n'importe où, au bout du monde s'il l'avait voulu. Oh là là, j'aurais dû être plus méfiante ! Les mojitos sont traîtres et je me sentais trop émotive. Dans cet état, tout me semble disproportionné. Sam m'a pris la main en sortant du bar. Ce geste était la démonstration d'affection la plus merveilleuse dont on m'ait gratifiée de ma vie.

Je me retenais pour ne pas crier aux passants : « Regardez... il me tient la main ! Mais regardez ! N'est-ce pas merveilleux ? »

Le bout du monde s'appelait le cottage numéro 218. C'était le sien, à lui tout seul. Il avait compris qu'il n'avait pas beaucoup d'efforts à faire pour me cueillir. Le fruit était déjà mûr, et il suffisait de donner un petit coup sur l'arbre pour qu'il tombe de la branche. Il m'a ouvert la porte, et je l'ai suivi.

— Je peux réclamer le baiser que tu m'as promis ?

— C'est bien mérité, lui ai-je répondu en souriant.

Il m'a embrassée fougueusement après avoir refermé derrière moi. Il y avait si longtemps que je n'avais pas senti un tel désir chez un homme que je manquais déjà de souffle.

Toujours appuyé contre la porte, il m'a retiré ma chemise et mon soutien-gorge. Je pensai l'aider, mais il s'y prenait très bien sans moi. Il a fait glisser ma jupe sur le sol. Toutes mes résistances tombèrent sur le plancher en même temps. J'ai retiré mes talons hauts. Il m'embrassait les seins si doucement, si délicatement, avec tellement de plaisir, que je crus me mettre à gémir. Il m'a prise dans ses bras et m'a transportée dans le lit. Son désir était si puissant qu'il n'allait faire qu'une bouchée de moi. C'était tout ce que j'attendais.

Sa bouche gourmande savourait chaque partie de mon corps : les bras, le ventre, le haut des cuisses. Je n'arrivais pas à prendre le dessus, moi qui d'habitude dirigeais les opérations. Tout à coup, je n'étais que son jeu, son plaisir.

Il avait trouvé le moyen de se déshabiller sans que je ne m'en rende compte. Il était musclé, les épaules larges, plus fort que je ne le pensais. Sa peau était douce et il sentait bon.

Il m'a tournée sur le côté pour me caresser le dos, la nuque et les fesses. Il m'a retournée de nouveau pour que je sois face à lui. Il m'embrassait les seins et je gémissais.

Glissant ses doigts agiles entre mes cuisses, il venait de prendre possession de mon corps qui s'abandonnait entre ses mains. Observant mes réactions, il ajustait le mouvement en fonction de ma respiration. Il suivait parfaitement mon rythme.

Je ne pus résister plus longtemps. J'étais déjà trop excitée pour retenir l'orgasme que je sentais monter en moi.

— Ne te retiens pas…, me dit-il d'une voix grave.

Il avait confiance en lui, il savait très bien ce qu'il voulait. Il souriait et attendait de pouvoir crier victoire. Je me sentais plus nue que nue, totalement à découvert. Il m'observait et j'allais m'abandonner dans la plus grande intimité, sous ses yeux, sans que lui ne partage ce moment. J'étais contrainte par mon plaisir et il menait le jeu. Il semblait s'amuser à me faire jouir en me regardant. C'était si puissant que je ne me reconnaissais plus.

L'orgasme a duré longtemps et Sam en a savouré chaque seconde, comme un animal satisfait de sa prise. Il était fier de lui et il a voulu prendre son plaisir à son tour.

Il m'a relevé les jambes pour me pénétrer fiévreusement. Son membre gonflé entrait profondément en moi. Ses hanches donnaient des coups de plus en plus forts, et je sentis un nouvel orgasme monter des profondeurs de mon corps. Sans que je m'y attende, une nouvelle vague de plaisir m'a envahie.

Plus je manifestais mon contentement, plus il semblait y prendre plaisir.

Je n'avais jamais rien vécu d'aussi intense. J'étais troublée, abandonnée et heureuse à la fois. Comment une première relation pouvait-elle atteindre un tel niveau ? Nous nous connaissions à peine. Pourtant, je venais de vivre les orgasmes les plus puissants de toute ma vie.

En quelques minutes, il avait décodé tout mon être. Quelques caresses avaient suffi pour qu'il prenne le contrôle de mon corps et fasse tomber toutes mes pudeurs.

Il m'a attirée vers lui et m'a murmuré :

— Merci, c'était génial…

Et il s'est endormi. Je ne pouvais pas lui en vouloir, après la journée de travail et ces émotions nouvelles, la fatigue était manifeste. Je ne parvins pas à fermer l'œil. Je tentai d'analyser ce qui venait de se passer.

Le contact avait été plutôt animal. Puissant aussi, et c'était nouveau pour moi qui avais l'habitude de donner du plaisir au lieu d'en recevoir. Mes pensées commençaient à se troubler, et le sommeil a fini par me trouver.

Au réveil, j'étais toujours dans la même position, je n'avais pas bougé, sans doute tétanisée par trop d'action. J'ai regardé à côté de moi. Sam n'était pas là. Je me suis levée dans l'intention d'aller lui faire un petit bonjour avant de faire ma toilette. J'ai attrapé sa chemise pour la mettre devant moi. En ouvrant la porte, j'ai compris qu'il était déjà parti.

J'ai vu un mot sur la table, je savais qu'il était pour moi.

« Merci, c'était merveilleux. On se retrouve tout à l'heure sur le plateau. xxx »

Que devais-je comprendre ?

Je n'ai pas eu envie de traîner là. J'ai attrapé mes vêtements éparpillés et j'ai couru jusqu'à mon cottage, situé à deux cents mètres du sien.

Chapitre 22

Je suis entrée dans le cottage sans faire de bruit et me suis glissée jusqu'à la salle de bains.

— Pas besoin de faire semblant… Je sais que tu n'as pas dormi ici. Et j'ai deux mille questions à te poser ! Ha ! ha ! a claironné ma sœur de son lit.

J'aurais voulu sauter de joie et dire un truc amusant à Esther, mais je ne me sentais pas très bien. Quelque chose manquait à la nuit précédente. Qu'est-ce qui n'allait pas ? Le message laissé par Sam était froid, d'accord, mais il ne pouvait tout de même pas m'écrire une lettre d'amour. Je ne m'attendais à rien de particulier, pas ce matin.

Le malaise provenait d'autre chose, il était plus profond, indéfinissable. Sous la douche, je réfléchis tout en me savonnant. Je ne pouvais pas dire que Sam n'était pas un bon amant, au contraire. Il était très instinctif, tout était douceur et puissance à la fois. Il aimait prendre le contrôle, ce dont je n'avais pas l'habitude, mais je devais reconnaître que je pourrais facilement y prendre goût. Quel était ce vide, alors ? Je ne pensais certainement pas à Éric, il était à des milliers de kilomètres de toutes mes préoccupations. C'était déjà une bonne chose.

Je suis allée me faire un café, ma sœur est venue me rejoindre, attirée par l'odeur. Elle bâillait et s'étirait comme un chat. Je pensais bien lui raconter mon aventure, mais c'était trop personnel. Je ne savais pas encore si je plaisais à Sam ou s'il ne souhaitait qu'une histoire d'un soir.

J'aurais dû résister, ne pas céder si rapidement. L'alcool m'avait privée de mon contrôle habituel. Sans doute aussi que le manque de rapprochement humain, pour ne pas dire de vie sexuelle, depuis tous ces mois, m'avait poussée dans ses bras. J'étais un peu déçue du mot que mon amant m'avait laissé. Le fait qu'il était absent aussi, comme s'il avait eu peur de ce tête-à-tête matinal qui était le test suprême après une nuit comme celle que nous venions de passer. Il aurait pu se montrer romantique, affectueux, avoir envie d'en apprendre un peu plus sur moi. Mais il avait préféré aller au travail. J'avais une impression de déjà-vu.

Esther a beaucoup insisté pour que je lui raconte ma nuit en détail. J'étais très intimidée, mais elle m'a vite fait comprendre qu'elle en avait entendu bien d'autres et des plus croustillantes.

— Tu sais c'est quoi le problème, Marjo ?

— Non, justement, j'aimerais bien savoir.

— C'est que vous avez eu une relation sexuelle.

— Ça, je sais bien... j'y étais, ai-je dit en riant de bon cœur.

— Non, ce que je veux dire, c'est que vous n'avez pas fait l'amour. Tu sais, il y a une différence entre les deux. Vous avez fait... comment dire... du sexe, et non l'amour. Tu comprends?

— Je pense que oui... C'est sans doute le vide que je ressens. Tu as raison, c'est ça.

— Il faut bien que mon expérience te serve un peu.

— Tu crois qu'il ne m'aime pas, alors? Qu'il ne désirait qu'une aventure d'un soir?

— Il y a des hommes qui ne savent pas comment aimer. Samuel me semble très sensuel, peut-être qu'il ne sait pas comment faire autrement.

— Tu dis ça seulement pour me rassurer. En fait, tu penses qu'il n'est pas amoureux.

— Difficile à dire pour l'instant. Mais si je comprends bien, tu as passé une bonne nuit... Chanceuse.

Je lui ai donné un coup de serviette pour qu'elle cesse de se moquer de moi.

— En fait, tu en sauras plus en le revoyant. S'il est tendre ou pas, s'il veut te revoir ce soir, s'il est distant et poli... Tu vas pouvoir évaluer votre relation à ce moment-là.

— Mais pourquoi serait-il parti ce matin, ai-je demandé, s'il tient un peu à moi?

— Parce que c'est un moment difficile pour tout le monde. Plutôt que de risquer un premier café raté et mettre en danger la suite de votre idylle, il a sans doute préféré partir.

— Ou bien, il voulait que je comprenne que je ne devais rien attendre de plus et protéger notre relation de travail.

— C'est aussi une possibilité. Je vais l'observer tout à l'heure…, a-t-elle conclu en avalant la moitié de son café.

Pourquoi les rapports entre les hommes et les femmes sont-ils si difficiles ? Nous devrions avoir établi un code de conduite depuis longtemps. Évidemment, il existe des indices sur lesquels nous pouvons nous fier, mais imaginons un vrai mode d'emploi. Avant de s'engager dans une relation, on coche les informations sur une liste. Par exemple, je ne souhaite pas d'histoire d'un soir, ce n'est pas mon genre. Je me sens mal après, et ce matin-là en était la preuve… J'ai toujours préféré m'en priver plutôt que de me sentir aussi inconfortable.

J'allais donc devoir attendre de revoir Sam pour connaître la note qu'il avait donnée à notre nuit. Voudrait-il recommencer ? Pourrait-il même envisager une relation à long terme, ou si c'était terminé pour moi ?

Tout à coup, j'ai eu envie de faire ma valise et de repartir. J'aurais pu prétexter que ma mère était souffrante ? Ah non, Esther me trahirait. À moins que je dise que j'avais une soudaine montée virale d'un truc rare et très contagieux, genre machin qui fait peur ? Je tentais de me faire rire moi-même, mais c'était inutile.

J'ai plutôt regardé les nouvelles de chez nous, puis j'ai fait un petit tour sur le blogue d'Emma Saytoux.

ZE BLOGUE

Que se passe-t-il sur le plateau d'*Amour et héritage* ? Il semble que la colérique Aria Laurent ait giflé en plein tournage son partenaire Victor Lessieur. Alors qu'ils doivent nous faire vibrer de leur amour, ce serait plutôt la guerre sur cette production.

Qui va leur donner l'exemple ? Certainement pas Adrien Weber, qui profite de son séjour en Floride pour humilier un peu plus sa pauvre ex-épouse. Elle va débarquer aujourd'hui même dans son appartement et découvrir qu'une équipe complète l'occupe. Souhaitons qu'elle en ait été avisée.

Par ailleurs, Weber aurait repoussé les avances d'Aria Laurent, qui crie sur tous les toits que le célèbre producteur est probablement gay.

Je vais me transformer en petit oiseau et espionner pour vous. Mais cet homme semble de plus en plus étrange. Veut-il déprimer encore plus sa femme qui l'aurait trompé à plusieurs reprises, ou cherche-t-il à profiter de sa faiblesse pour récupérer ses biens distribués lors du divorce ? À moins que, comme la rumeur semble le croire, il souhaite l'obliger à reprendre la vie de couple... *Shame on you,* monsieur Weber.

ES

Mais comment avait-elle obtenu toutes ces informations ? Il fallait que quelqu'un du tournage lui ait raconté l'histoire de la gifle. Je réalisai qu'Emma Saytoux parlait souvent de cette production. Comme je n'y travaillais qu'à l'occasion, je ne l'avais pas remarqué avant, mais en fait, c'était l'émission qu'elle attaquait le plus souvent. Depuis le temps, cette chroniqueuse aurait dû lâcher prise ; les cotes d'écoute étaient en chute libre et l'intérêt de son blogue devait aussi s'en ressentir.

Pourquoi s'en prendre à Adrien Weber ? Elle l'avait humilié lors de son divorce. Soudain, je me rappelais les différents articles qui l'accusaient de tous les maux de la terre. Certains détails me sont revenus en mémoire. Comme son ancêtre qui aurait profité de la guerre pour s'enrichir sur le dos de gens qui devaient quitter l'Allemagne nazie. Une histoire plutôt triste et dont notre producteur ne pouvait pas être tenu responsable.

C'était comme si cette Emma Saytoux lui en voulait personnellement. S'agissait-il d'un règlement de comptes ? D'une femme déçue d'avoir été repoussée ? Avait-elle perdu un emploi par la faute d'Adrien ? Au fond, qui était-elle ? Nous ne l'avions jamais vue ni même entendue. Elle avait une petite réputation de potineuse bien informée dans le milieu. Elle propageait des informations avant les autres, mais c'était tout.

Je me désintéressai de la question pour le moment. Il était temps de prendre des nouvelles de Gauguin. Il n'y avait pas de réponse à la maison. J'ai essayé le cellulaire de ma voisine, mais j'ai eu sa boîte vocale. J'ai laissé un message, à cette heure elle pouvait être en audition et ne me contacterait que lorsqu'elle aurait terminé.

Je devais maintenant me préparer à affronter mon amant, sans rougir et, surtout, en m'attendant au pire.

Chapitre 23

L'atmosphère sur le plateau était très étrange. C'était comme si personne n'osait parler. J'avais l'impression de devoir marcher sur la pointe des pieds. Gisèle m'a fait signe de la rejoindre. Je me suis arrêtée en route et j'ai laissé Esther continuer vers la salle de maquillage.

— Sa femme est là. Elle fait pitié à voir. Personne n'ose faire de bruit. Tu vas voir, c'est triste.

— Merci… À tout à l'heure, ai-je murmuré.

Dans la chambre, deux valises, une trousse et un sac avaient été laissés sur le bord du lit. Une corbeille contenant plusieurs flacons de pilules était posée sur la table de nuit.

— C'est à qui ? m'a demandé ma sœur.

— À moi…, a annoncé une voix venant de la porte. Si elles vous dérangent, dites-le-moi, je vais demander qu'on les mette ailleurs en attendant que vous ayez terminé.

L'ex-femme d'Adrien Weber était pâle et très blonde. Elle semblait fragile et se déplaçait lentement. Sa voix était éteinte, comme si elle devait utiliser toute sa force vitale pour réussir à parler.

Je me suis avancée vers elle.

— Je m'appelle Marjolaine. Vous ne nous dérangez pas du tout, au contraire. C'est nous qui prenons toute la place. Voulez-vous qu'on s'installe ailleurs aujourd'hui ?

— Non. Restez. Mais merci.

En passant devant le miroir elle s'est regardée, s'est passé la main sur le visage et a pris un pinceau sur ma table.

— Je peux ? m'a-t-elle demandé en me montrant le pinceau et de la poudre bronzante.

— Bien sûr.

— C'est vrai que j'ai besoin de soleil. Adrien avait raison. J'ai bien fait de l'écouter.

— Vous voulez que je vous aide ?

Elle ne m'a pas répondu, mais elle m'a tendu le pinceau avec un sourire très doux. J'ai appliqué de la poudre bronzante et un peu de couleurs sur son visage. Même si j'ai tenté de lui donner de l'éclat au regard, sa tristesse était si profonde que rien ne pouvait cacher le nuage devant ses yeux.

En se regardant à nouveau, elle fut satisfaite de son reflet.

— C'est mieux, merci. Je m'appelle Jasmine…

— Marjolaine, ai-je répété doucement.

Elle est repartie après avoir pris quelques cachets dans un flacon.

— Qu'est-ce qu'elle a ? Elle est malade ? a demandé Esther qui avait sorti son matériel discrètement pendant ce temps.

— On dit qu'elle est comme ça depuis son divorce.

— Je viens d'être jetée dehors de chez moi, a répliqué ma sœur, je suis triste mais je ne suis pas une morte-vivante. Elle a quelque chose de plus grave.

J'avais presque oublié que ma sœur était redevenue célibataire. Tout ce qui s'était passé à la maison me semblait tellement loin. On aurait dit que nous étions ici depuis des semaines et ni le temps, ni l'espace n'avaient plus les mêmes dimensions. J'étais partie de chez moi, sombre moi aussi. Pas comme la pauvre Jasmine, mais il faisait froid, pas seulement à l'extérieur, dans mon cœur et dans ma vie aussi. J'avais l'impression d'être passée de l'ombre à la lumière, du froid au chaud, d'un cœur vide à l'espoir.

Aria et Victor sont arrivés bras dessus bras dessous. La journée de la veille semblait oubliée. Ils riaient et paraissaient s'entendre très bien. Décidément, je ne m'habituerais jamais à cette production.

— Bonjour, Dino, a commencé Aria, joyeuse. *Bon matin !* C'est tellement agréable de se réveiller au chant des oiseaux, non ? Ah, cette journée sera belle, je le sens.

— Dites, Esther, vous êtes encore plus jolie qu'hier, est-ce possible ? a dit Victor.

— Ah! ce qu'il sait parler aux femmes, ce vieux séducteur! a lancé Aria. Impossible de lui résister.

— C'est l'expérience, ma chérie. Il faut bien que le temps serve à quelque chose, lui a-t-il susurré affectueusement.

La journée pouvait commencer.

Aucune nouvelle de mon amant. Il n'était pas venu me dire bonjour, ni même s'informer si tout allait bien. Je me faisais à l'idée que je m'étais inventé des histoires et qu'il ne voulait rien de plus qu'une nuit avec moi. L'équipe s'est déplacée sur la terrasse pour reprendre des scènes interrompues la veille. L'humeur était à la camaraderie, la bonhomie d'Aria changeait tout.

À l'autre bout de la terrasse, Jasmine était assise sur une chaise longue, à l'abri sous un parasol rouge. Elle regardait la mer. Adrien, très élégant dans un pantalon de coton blanc et une chemise caramel très ample, lui apporta un verre d'eau. Elle l'a pris d'une main tremblante, et j'ai vu passer de la tristesse dans les yeux de mon patron. Il était visiblement inquiet.

J'ai contemplé cette scène sans m'apercevoir que Sam m'observait. J'ai croisé son regard et j'ai presque sursauté, comme si j'avais été prise en flagrant délit de… je ne sais quoi.

Je lui ai souri, mais le malaise était immense. J'étais terriblement intimidée et j'avais l'impression que toute l'équipe allait deviner que quelque chose se passait. Je me sentais mise à nue, complètement déshabillée devant tout le monde. Comment font les filles qui vivent une aventure d'un soir avec un homme qu'elles retrouvent le lendemain matin au travail ?

Il en connaissait trop sur moi. Il m'avait observée dans un moment d'impudeur extrême et j'avais envie de me mettre à courir, me sauver loin, prendre la mer, ou la route… ou l'avion ?

J'ai préféré rentrer et aller prendre un café. Ces quelques minutes de silence allaient m'aider à reprendre le contrôle de mon cœur et de mon corps.

— Bonjour.

Sa voix dans mon dos a réveillé les frissons de la veille.

— Bonjour.

— Tu as bien dormi ? Moi, j'en rêve encore. Quelle nuit… Merci.

Toutes sortes de réponses se bousculaient dans ma tête : « Est-ce que tu as envie qu'on recommence ce soir ? Pour la vie ? Est-ce que tu es un peu amoureux, pas du tout, ou beaucoup ? Quelles sont tes intentions ? »

Aucune de ces options n'était bonne, évidemment. Il fallait laisser les choses avancer à leur rythme.

— Ce soir, tu es libre ? m'a-t-il demandé avant de regarder un message sur son cellulaire.

— Ce soir ? Oui… euh non… non… Je dois rencontrer Weber. Il va sûrement me dire que mon poste est coupé ou quelque chose du genre.

— Vous allez où ?

— J'en ai aucune idée. Peut-être même qu'il va se rendre compte que sa femme est là et qu'il va annuler.

— Bon, de toute façon… après, je t'attends. Tu sais où me trouver.

Il m'a embrassée dans le cou et ses lèvres ont fait vibrer toute ma colonne vertébrale.

Rester naturelle. Ne pas trop sourire. Je suis allée faire signe à ma sœur de venir me rejoindre tout de suite. En l'attendant, j'ai ramassé deux trois trucs, n'importe quoi qui donnerait l'impression que j'étais occupée.

Je lui ai raconté ce qui venait de se passer. Qu'en pensait-elle ? Encore une fois, elle ne trouvait pas que la situation était très claire.

— Il veut dire qu'il a envie de remettre ça… c'est un compliment, tu sais ? Mais pour l'amour… c'est pas encore vraiment évident qu'il y a des sentiments entre vous.

J'étais un peu déçue, mais mon cœur était tout de même content des mots gentils que m'avait dits Sam.

J'ai repris le travail et la journée s'est bien déroulée. Nous en étions à la dernière prise quand j'ai remarqué que Samuel était assis au pied de la chaise de Jasmine. Ils conversaient depuis un bon moment. Il lui avait apporté des fruits, et ils discutaient depuis. De quoi pouvait-elle bien lui parler ?

Adrien les a rejoints à grandes enjambées pour demander à Sam de partir. Il l'a éloigné un peu de force. La tension entre eux était manifeste. Pourtant Sam ne faisait rien de méchant, au contraire… Pourquoi Weber réagissait-il ainsi ?

J'ai suivi Samuel vers le salon. Il semblait furieux. J'ai tenté d'en savoir plus.

— Cet homme est jaloux… tout simplement. Il a fait le vide autour d'elle. Il a éloigné ses enfants, elle me l'a dit, elle est seule. Complètement. Il ne supporte pas qu'on s'approche de sa femme. Il délire, en plus… Je vais faire un tour. Si on me cherche, dis que je suis allé à la cuisine pour vérifier si tout est prêt.

Il est sorti sans me laisser placer un mot. Je ne savais pas trop comment réagir. Devais-je, moi aussi, tenter de m'approcher de la femme pour savoir si elle avait besoin d'aide ? Était-il possible qu'un homme soit aussi dur avec la mère de ses enfants ?

Gisèle s'est approchée du *craft* pour se faire une assiette.

— Sam ne doit pas tenter de jouer dans les pattes de Weber, me dit-elle. Il court à sa perte.

— Pourquoi ? Il voulait seulement aider cette pauvre femme.

— Samuel ? Aider ? Je ne pense pas. D'après moi, il pense plus à lui-même qu'à n'importe qui. Tu le sais, Mario, que c'est un homme ambitieux. Il ne met pas de gants blancs, il est brut, cru même, sans fard et incapable d'empathie… Voyons.

— Gisèle, tu le connais à peine.

— À mon âge, on en a vu passer des gens, et on finit par les reconnaître. Surtout ceux comme lui qui ne savent pas cacher leur secret.

— Tu crois qu'il a un secret ?

— Je mettrais ma main au feu que vous en partagez un, tous les deux, je me trompe ?

J'ai rougi, c'était une réponse aussi efficace qu'un oui. Elle m'a souri et est repartie, son fer à repasser dans une main et une assiette dans l'autre.

Comment savait-elle ? C'était une personne drôlement perspicace, cette Gisèle. Par ailleurs, on se confiait aisément à cette femme très douce. Je me rappelais que je lui avais parlé facilement de mes attentes au sujet de Sam, au restaurant. Tout le monde semblait souhaiter être son ami, parce qu'elle était le genre de personne en qui on avait totalement confiance. Et si c'était elle qui informait Emma Saytoux ? Si facile pour elle ! Elle entendait tout, voyait tout, et personne ne se méfiait d'une dame discrète et charmante dans la cinquantaine. Il suffirait d'un test simple pour le découvrir… J'allais y réfléchir et trouver une idée brillante.

La vie ne m'en laisserait pas le temps, mais je l'ignorais encore.

Chapitre 24

La journée était terminée. Tandis que je rangeais mon matériel, Sam restait dans son coin, toujours en colère. Sur la plage devant l'hôtel, Adrien installait son ex-femme dans une chaise longue, sous un parasol, près de la mer. Nous pouvions les voir d'où nous étions : elle plongeait les pieds dans le sable, et il lui apportait une petite table garnie de ce dont elle avait besoin.

Irina nous a donné l'horaire du lendemain, sur lequel figuraient les noms de ceux qui monteraient à bord du bateau pour le fameux tournage sur l'île. Isabelle, Tim le cameraman, Pierre pour l'éclairage, Gisèle, moi, les deux comédiens, ainsi qu'Adrien Weber étions du voyage. Sandro était déçu, Jacques a regardé au plafond d'un air résigné et Esther a soupiré. La réalisatrice leur a rappelé qu'il ne s'agissait que de quelques heures de tournage sur une plage déserte. Que ceux qui n'y étaient pas convoqués avaient leur journée libre et qu'ils devaient en profiter.

J'étais prête à rentrer quand mon patron m'a rappelé notre rendez-vous. Je lui ai répondu que j'étais très heureuse de les avoir dépannés en trouvant une solution au problème de la marque laissée par la gifle, mais qu'il n'était pas obligé de m'inviter où que ce soit. L'affaire était vraiment délicate. Je me sentais mal par rapport à Esther, mais il a insisté et nous sommes partis tous les deux. Ma sœur m'a fait de gros yeux. Bien sûr, elle m'en voulait de ne pas avoir su refuser cette proposition.

Adrien a pris le temps de lui dire un mot gentil et lui a souhaité une bonne soirée. Elle fut aussitôt radieuse. Comment pouvait-il rester insensible à ces éclairs langoureux qu'elle lui envoyait avec art ? N'importe quel être normal serait à ses pieds. Ma sœur a toujours été entourée des plus beaux hommes, et elle savait les assujettir d'un seul sourire.

Je n'en demandais pas tant, seulement que mon histoire avec Samuel prenne son envol et ne tombe pas à plat avant même d'avoir commencé. J'aurais préféré être avec lui, plutôt qu'avec un patron qui risquait de tout faire capoter.

Le soleil avait disparu, mais le ciel se barbouillait encore de derniers jets de couleurs sublimes. Je ne savais pas où nous allions et ne souhaitais pas poser la question. Nous avons fait un peu de route, Weber était au volant et me parlait des résidences que nous voyions en chemin.

— Ici, c'est l'ancienne maison de John Lennon… Celle-ci appartient à la famille Kennedy, et voilà le domaine de Donald Trump, le drapeau est hissé, il est donc chez lui.

C'était incroyable. La maison de style espagnol était immense. Un portail assurait la sécurité. Nous n'apercevions qu'une petite partie de ce fabuleux domaine, mais on en devinait toute la splendeur. Le drapeau flottait en haut d'une tour.

— C'est impressionnant, n'est-ce pas ?

— Oui… personnellement, je préférerais une de ces maisons sur la plage, plus simple et moins spectaculaire. Mais plus humaine, ai-je assuré en riant un peu.

— Vous avez raison. Pour ces gens, ces villas sont leur maison de plage.

— Vous voulez rire ? ai-je demandé, incrédule.

— Non, même pas. Je suis allé un jour chez Donald Trump, a-t-il ajouté en ralentissant la voiture. Ce n'est pas une résidence, c'est un village.

Nous longions des demeures, presque des châteaux, plus magnifiques les unes que les autres. D'un côté de la rue, ces maisons somptueuses, de l'autre la mer, et je me disais que ces gens étaient bien chanceux de vivre là.

Notre route nous a menés à un petit port tout à fait charmant. Il a stoppé la voiture devant une vieille maison aux couleurs des Antilles.

— Vous n'êtes pas curieuse ! Vous ne me demandez pas où je vous emmène ?

— Je vous fais confiance et j'aime les surprises.

C'était totalement faux, mais je ne voulais pas m'expliquer.

Nous avons marché dans le sable. Près de l'eau, sur la plage, des tables nous attendaient, installées sous des guirlandes de lanternes pendant aux branches des arbres.

Le décor était féerique. Un groupe de musiciens jouaient sur de vieux barils. J'ai retiré mes chaussures pour marcher jusqu'à notre table d'où nous verrions le reflet des étoiles sur la mer.

— C'est mon endroit préféré. J'ai pensé que vous aimeriez ce lieu un peu sauvage, ils sont rares sur la côte de la Floride.

— C'est très beau.

Je regardais partout avec plaisir.

Les tables étaient recouvertes de nappes blanches qui volaient doucement dans le vent du soir. Au centre, des photophores dans lesquels des bougies blanches entourées de fleurs jaune éclairaient le décor, y ajoutant une touche de romantisme. Il faisait doux et le paysage était à couper le souffle.

J'ai voulu consulter le menu mais Adrien me l'a retiré des mains d'un geste décidé.

— J'ai déjà commandé. Vous me pardonnerez, mais pour avoir les langoustes pêchées du jour, il fallait les réserver à l'avance.

— Ah, bien. Parfait.

On nous a apporté une bouteille de vin blanc. Adrien a regardé l'étiquette et a fait un signe d'approbation de la tête.

— Nous avons parcouru plus de deux mille kilomètres en voiture et j'ai l'impression qu'on ne se connaît pas du tout.

— Pourtant, ma sœur a bien dû vous parler de moi, non ? ai-je répondu en souriant.

— Je ne lui ai pas posé de questions à votre sujet, je pense.

— Ah ! ai-je dit en prenant le temps d'avaler une gorgée de vin.

Je me suis tue quelques secondes pour la savourer.

— Votre ex-femme est seule à l'appartement ?

— Non, elle a son assistant personnel.

— Oh, bien. C'est mieux.

— Ne vous inquiétez pas, elle n'aurait pas voulu venir ici, ni sortir avec moi. Elle n'aime que les hôtels de luxe.

— Elle semble tellement triste.

— Elle fait une dépression, a-t-il avoué. Il faut du temps pour en guérir. Elle va déjà mieux, ça me rassure. Je vous remercie de l'avoir maquillée, ça lui a fait plaisir. Ce sont des détails, mais c'est ce qui me fait dire qu'elle va mieux. Elle a envie de se sentir belle, c'est important.

— Tant mieux.

J'ai tendu le cou pour tenter de lire l'étiquette de la bouteille. Que buvions-nous ? C'était si frais et savoureux que j'étais curieuse. « Meursault, premier cru... » Je ne pouvais pas lire le reste, mais je me suis promis de m'en souvenir.

— Mario, il y a une tension entre nous que je voudrais comprendre et tenter de dissiper, si c'est possible. J'ai fait quelque chose que je n'aurais pas dû ? Dit quelque chose qui vous a déplu, peut-être ? Si c'est le cas, j'en suis désolé.

— Je ne vois pas ce que vous voulez dire, ai-je répondu en poussant un soupir. Qu'attendez-vous de moi exactement ? Parce que je ne comprends pas pourquoi vous m'avez invitée, ai-je lancé, un peu trop précipitamment. Vous voulez supprimer des postes, c'est ça ? Vous allez m'annoncer que vous me mettez dehors pour offrir ma place à Esther, qui demande moins cher ? Ou vous souhaitez me poser des questions sur l'équipe pour découvrir qui sont ceux que je trouve moins compétents ?

— Vous pensez vraiment que c'est ce que je cherche à faire… sabrer les emplois du personnel ? a-t-il demandé, étonné.

— C'est ce que tout le monde dit.

— Tout le monde… vraiment ? Non… c'est sans doute cette blogueuse, Emma Saytoux, qui donne cette fausse impression de moi.

L'idée le stressait visiblement. Il tapotait sur la table avec ses doigts.

— Pendant mon divorce, elle a tout fait pour me traîner dans la boue. Elle continue à dire n'importe quoi… Non, je ne veux congédier personne, je vous assure.

— Non ? Ah bon, je pensais que, enfin... euh, c'est bien. C'est vrai qu'elle s'en prend souvent à vous. Je lisais justement son blogue ce matin, et je me demandais comment elle pouvait savoir toutes ces choses.

Un serveur est arrivé avec un immense plateau sur lequel il y avait deux magnifiques langoustes grillées.

Je ne pouvais pas souhaiter soirée plus parfaite. Le décor, le vin, le plat, le ciel étoilé... Je me sentais si bien. Même si la discussion était directe, je n'avais pas l'impression qu'Adrien me tenait rigueur de ce que j'avais dit. Je sentais que nous étions détendus.

— Allez-y... je vous en prie.

— Merci.

J'ai attaqué ma langouste avec gourmandise. J'ai vu que mon patron souriait.

— Je suis heureux que ça vous plaise.

— C'est tellement bon... C'est divin.

— Je pense que c'est ici que l'on trouve les meilleures.

Nous avons mangé... non... dévoré la première langouste presque en silence.

— Mario, j'aimerais vous raconter une histoire, a-t-il dit après un moment.

Il s'est redressé, comme pour se donner de l'assurance.

— Voilà... Il y a environ deux ans, j'assistais à une soirée de financement organisée par un des musées que je préfère. Un bal était donné pour l'occasion. Je visitais la salle, quand j'ai croisé une jeune femme qui parlait d'un tableau à des visiteurs. Il y avait tellement de passion dans sa voix que je me suis arrêté pour l'écouter. J'ai rejoint le groupe et continué la visite avec eux. Je ne voyais plus les tableaux de la collection de la même façon, moi qui étais pourtant passé devant plus de mille fois...

Weber prit une grande gorgée de vin avant de poursuivre :

— Cette jeune femme, c'était vous. Je me souviens très bien de ce moment. Puis un homme est venu vous parler, il vous a prise par la taille et quand vous vous êtes retournée... votre regard avait changé. Il s'en dégageait une douceur infinie, je n'avais jamais vu quelque chose d'aussi puissant. Il y avait tellement d'amour dans vos yeux que j'en ai eu mal. Vous veniez de me lacérer le cœur. J'ai cherché pourquoi j'étais ainsi blessé, d'où venait cette souffrance. Vous nous avez présenté cet homme comme votre fiancé, vos yeux illuminaient la pièce de cet amour que vous lui portiez. J'ai compris que jamais dans ma vie... personne ne m'avait regardé de cette manière... Qu'on ne m'avait jamais aimé ainsi.

J'étais abasourdie. Je ne m'attendais pas du tout à ce discours de sa part. Muette, je me contentai de boire une gorgée de vin.

— Ma femme m'a épousé parce que c'était entendu entre nos deux familles, poursuivit-il. C'était écrit d'avance, d'une certaine façon, mais elle ne m'aimait pas vraiment. Au moment où notre mariage s'est terminé, elle avait un amant depuis des mois, et ce n'était pas le premier. C'est là que j'ai pris la décision de la quitter. De la laisser vivre ses amours sans moi et moi de partir à la recherche de ce regard.

— Je… je ne sais pas quoi vous dire…

— Il n'y a rien à dire. Vous ne saviez pas que votre amour allait éclairer ma vie, comme vos commentaires m'ont fait voir les œuvres de ces artistes, différemment.

— Mais c'est… mal… enfin, vous l'avez quittée.

— Oui, et c'est très bien, au contraire. Depuis, je rêve du jour où une femme me regardera comme vous regardiez votre fiancé : avec des yeux remplis d'amour et de tendresse à faire fondre l'âme la plus dure.

— Ce n'est plus mon fiancé.

— Oui, je sais… Excusez-moi. Je l'ai appris par hasard, juste avant le départ. Alors, comme un fou, sans doute dans un élan désespéré… j'ai décidé de me joindre au tournage. Quand j'ai appris que vous preniez la route… j'ai fait changer l'organisation des places pour monter avec vous. Vous devez penser que je suis fou…

— Non, mais… enfin, je ne comprends pas ce que vous essayez de me dire.

Je ne savais plus quoi faire de mes membres. J'ai posé les mains sur la table pour masquer mon inconfort, pendant que mon cerveau tournait dans tous les sens pour tenter de trouver quelque chose d'intelligent à répondre.

— J'ai eu l'espoir fou… complètement irrationnel, je le sais, qu'un jour peut-être… enfin…

— Mais… c'est que…

— Vous avez quelqu'un, m'a-t-il interrompue, comme s'il ne voulait pas que je le dise à voix haute. Je suis au courant. Ne vous en faites pas.

Il s'est appuyé sur le dossier de sa chaise. Il a passé les mains dans ses cheveux, pour reprendre contenance. Il était terriblement séduisant. Qui n'aurait pas été enchantée d'être courtisée par lui ? J'étais médusée.

— Je suis désolée...

C'est tout ce que j'ai trouvé à ajouter.

Me faisait-il vraiment une déclaration ? Voulait-il se moquer de moi ? Devais-je dire merci ou éclater de rire ? J'étais tellement confuse lorsqu'il était question de sentiments.

— Faites-moi plaisir et soyons amis... si vous voulez.

Il se remit à manger tout en tentant de reprendre la conversation où nous l'avions laissée.

— Et dites-moi... qu'est-ce qu'on raconte sur moi ?

J'ai soupiré.

— Ma sœur est très attirée par vous, vous savez, dis-je afin d'aller au bout des choses et d'enfin savoir ce qu'il pensait réellement.

— Esther ? il a ri gentiment. Non, votre sœur n'est pas amoureuse de moi. C'est une jeune femme drôle, amusante et surtout ambitieuse. Elle espère que je lui trouverai un emploi stable en télé, elle ne veut pas vraiment avoir une place dans ma vie.

— Vous pensez ? ai-je demandé, sachant déjà qu'il avait raison.

— Je vis ce genre de situation très souvent… Allez, terminons ce plat. Demain nous avons une longue journée. Départ en bateau à 7 h.

Le reste de la soirée fut agréable. Nous ne sommes pas revenus sur notre discussion, ce qui a allégé l'atmosphère. J'ai même fini par croire que j'avais mal compris et qu'il avait tout simplement cherché à se montrer gentil avec moi. Nous avons parlé de Gauguin et des autres peintres, surtout de la place trop petite que l'on accordait généralement aux talents de chez nous. Nous aurions pu parler pendant des heures, mais il fallait bien rentrer.

Il est venu me reconduire à mon cottage. Nous nous sommes souhaité bonne nuit et il m'a dit à demain. Cependant, j'ai eu l'impression que c'était plutôt un adieu et qu'il ne pensait pas me revoir.

Pourtant, les événements à venir allaient bientôt nous obliger à nous serrer les coudes et à faire équipe. Nous allions nous côtoyer beaucoup plus étroitement que ce que nous imaginions à ce moment-là.

Chapitre 25

Encore une fois, je suis entrée sans faire de bruit, mais seulement le temps qu'Adrien parte, pour éviter qu'il me voie filer vers le numéro 218. Dès que sa voiture eut tourné le coin, je suis ressortie et j'ai couru jusqu'au cottage de Samuel.

J'ai frappé, mais on ne répondait pas. J'ai tourné la poignée et la porte s'est ouverte sans problème. Je suis entrée, en hésitant quand même un peu. Il n'était pas très tard et Sam ne pouvait pas avoir oublié que je devais venir le rejoindre. J'ai entendu du bruit venant de la salle de bains. J'ai frappé et je suis entrée. Samuel était dans la baignoire, il y avait un peu de mousse. Des bougies brûlaient sur une longue tablette au mur, l'éclairage était tamisé et une musique provenait de la chambre.

— Salut, ai-je lancé gentiment.

— Déshabille-toi, et viens me rejoindre.

Il n'avait pas ouvert les yeux et sa demande tenait plus d'un ordre que d'une invitation. J'ai enlevé mes vêtements et je me suis approchée de la baignoire. Alors, il m'a regardée en détaillant mon corps. Il m'a tendu la main. Je suis entrée dans l'eau avec enfin l'impression de prendre les rênes de notre relation. J'étais en position de force et j'allais en profiter.

Il m'a embrassée et m'a attirée vers lui pour que sa bouche rejoigne ma poitrine. Son membre puissant me désirait, je ne pouvais avoir aucun doute sur ses intentions. Il s'est appuyé le dos, posant ses bras sur le bord de la baignoire. Il se laissait faire et j'aimais voir l'effet que je créais. Après quelques minutes, il m'a tout simplement arrêtée.

— Stop... ça suffit... Arrête.

— Pardon ?

— On sort du bain.

Il m'a aidée à sortir et m'a tendu une serviette. Il s'est essuyé rapidement. Il m'embrassait toujours et son désir ne diminuait pas. Sa respiration s'accélérait.

Il m'a alors soulevée pour m'asseoir sur le bord du lavabo. Il a relevé mes jambes et il m'a pénétrée en gémissant. Il reprenait le contrôle des opérations. Il cherchait son plaisir et même si le mien comptait pour lui, je ne sentais pas que nous partagions vraiment nos émotions.

J'ai senti l'orgasme monter en moi. C'était une position différente de tout ce que j'avais essayé jusqu'à ce jour et elle me faisait découvrir des sensations nouvelles. C'était délicieux, mais je ressentais encore cette impression de vide que j'avais eue la veille. Pas un mot gentil, pas même une attention pour savoir si j'avais eu une belle soirée. Une relation basée sur le sexe, voilà.

Certaines auraient adoré être à ma place, je le savais. Je m'en voulais même de ne pas pouvoir apprécier la situation simplement pour ce qu'elle était, mais je ne me sentais pas comblée.

Sam m'a ensuite entraînée vers son lit et s'est étendu près de moi.

— Je sais, je ne suis pas comme les autres. J'aime contrôler. Certaines aiment mieux que d'autres… J'aimerais que toi, ça te plaise.

— C'était très agréable. J'aime aussi avoir mon tour des fois, ai-je ajouté, un peu moqueuse.

— Je suis désolé. Je suis comme ça.

— Tu sembles avoir beaucoup d'expérience en tout cas, tu m'as fait vivre des choses que je ne connaissais pas.

— Mon ex m'a beaucoup appris.

Cette façon de ne pas parler de nous ni de nos émotions me dérangeait. C'était froid et distant. Encore une fois mon cerveau patinait à toute vitesse. Samuel avait une façon différente de vivre l'amour. Est-ce que je l'aimais assez pour supporter de vivre une relation de ce type ? Pour renoncer à ma manière de voir l'amour ? Pour accepter de ressentir ce vide tous les jours ?

Sam était séduisant et il était un amant exceptionnel, mais la chaleur humaine ? Les mots d'amour ? La tendresse ne semblait pas compter pour lui. J'ai eu soudain envie de pleurer, parce qu'il me plaisait vraiment et que je n'avais pas aimé depuis longtemps. En fait, j'avais cru que je n'aimerais plus jamais. Pourquoi avait-il fallu que je tombe sur un homme comme lui ?

Notre souper de la veille avait été à sens unique. Notre conversation était au strict minimum. Au travail, c'était autre chose, avec l'équipe on discutait, partageait, mais une fois seuls, lui et moi, nous étions deux corps, tout simplement. Pas besoin de discuter, il suffisait de baisser la lumière et de retirer nos vêtements, et nos peaux se comprenaient très bien. J'hésitai à poser des questions plus avancées sur ses sentiments.

— Je vais rentrer, demain je dois me lever très tôt et je ne veux pas te déranger, ai-je expliqué en sortant du lit, espérant qu'il me retiendrait.

— Comme tu veux. Je t'attendrai demain soir.

— Je ne sais pas, Sam... je serai sûrement exténuée. Alors, on verra, d'accord ?

— Fais-moi signe.

Je suis partie, sur ces simples mots : « Fais-moi signe. » En marchant vers ma maisonnette, je traînais les pieds en observant les étoiles. Je ne voulais pas m'avouer que j'étais déçue de Samuel. Alors, j'ai pensé que nous n'étions pas en vacances et qu'il devait être épuisé par le travail. Il fallait lui donner une autre chance. Le lendemain, après une journée de repos, il serait peut-être mieux disposé. Cette idée m'a mise de bonne humeur. Je suis entrée doucement, mais déjà ma sœur allumait dans sa chambre.

— Marjo, tu viens me raconter ?

Je suis allée la rejoindre dans son lit. Elle a soulevé les couvertures pour me faire une place.

Nous nous sommes retrouvées sous les draps et je lui ai parlé de Samuel, un amant incroyable qui faisait vibrer des sensations que je ne croyais même pas possibles. Esther m'écoutait patiemment, mais très vite elle m'a arrêtée pour que je lui parle de mon souper avec Adrien.

Je cherchais quoi lui dire sans la blesser. Je n'avais pas très bien compris moi-même ce qui s'était passé. Je lui ai raconté par bribes, en omettant certains détails. Plus je parlais, plus elle se redressait.

— Mais Marjo... il t'a fait une déclaration d'amour !

— Qu'est-ce que tu racontes... voyons. Non, il ne souhaite pas avoir une relation comme celle que j'avais avec Éric... Pas avec moi.

— Mais tu ne comprends vraiment rien aux hommes ! Il fallait qu'il fasse quoi pour que tu comprennes ? Qu'il se mette à genoux à tes pieds ?

— Non, je raconte mal. Ce n'était pas ça. Il m'a confié cette histoire pour que je sache que j'avais influencé sa vie. Ensuite, il n'en a plus reparlé. De toute façon, quand je lui ai dit que j'avais quelqu'un d'autre dans ma vie, il m'a répondu qu'il était déjà au courant et c'est tout. Il n'a pas demandé si c'était sérieux ni rien...

Ma sœur m'a donné des coups d'oreiller.

— Hé, mais qu'est-ce que tu fais ? me suis-je écriée, en me protégeant de mon mieux.

— Je suis jalouse... il est amoureux de toi. C'est pour ça que mon arsenal complet de séduction ne donnait aucun résultat. Il était poli avec moi, mais sans plus. Je suis jalouse… et tellement fâchée contre toi.

— Tu délires complètement.

— Argh !… Arrête, mais tu es sérieusement une analphabète affective ! C'est pas possible.

— Et toi, ma pauvre… tu vois de l'amour partout. De toute façon, je ne supporterais pas un homme comme ça dans ma vie.

— Et pourquoi donc ? a demandé ma sœur.

— Sa femme est malade, il est cruel avec elle. Il a éloigné ses enfants en les plaçant dans des écoles à l'étranger. Il… Je sais pas, Esther, mais ce genre d'homme, c'est pas pour moi.

— J'enrage d'entendre ça… Va te coucher et essaie de dormir si tu en es capable. Moi, je sens que je vais ronger mon frein toute la nuit.

Une fois dans mon lit, je réfléchis à ce qu'elle m'avait dit. Évidemment, je n'arrivai pas à trouver le sommeil. Adrien Weber était un homme d'affaires trop loin de moi, et je devais être une sorte de souris de laboratoire pour lui.

Demain soir, j'irais rejoindre Sam et je tenterais de modifier notre relation, de l'orienter vers quelque chose de plus équilibré et de plus sentimental. Voilà ! Ma décision était prise.

Chapitre 26

Soyons honnêtes : levée à 5 h 30, après avoir aussi mal dormi, je n'étais pas la fille la plus en forme en ville.

J'avais du mal à me maquiller, car ma peau ne supportait rien à cause de la fatigue, les pores étaient ouverts et rien ne tenait. J'ai mis sur mon visage une débarbouillette d'eau très froide pendant quelques minutes pour le tonifier. J'ai opté pour un style simple : crème teintée pour me redonner un peu de vie, anti-cernes, essentiel, mascara résistant à l'eau et un gloss légèrement corail. Et un petit coup de poudre de perlimpinpin : des billes scintillantes de différentes teintes. Un coup de pinceau de ce trésor qui coûte une fortune et votre peau ternie est sauvée en deux coups de baguette magique. L'effet brillant de la poudre allait me redonner vie.

Des lunettes fumées cacheraient mes yeux fatigués que même des gouttes n'avaient pas réussi à ouvrir complètement.

Sur mon bikini, j'enfilai une robe de coton très simple, sans manches, aux couleurs de la mer des Caraïbes.

Je me suis regardée dans le miroir. J'étais mignonne, simple, et ce look serait parfait pour la journée chaude que nous allions passer. J'ai pris ma mallette et j'ai quitté sans faire de bruit.

Arrivée au petit quai auquel seulement quatre bateaux étaient ancrés, j'ai compris que mon estomac vide pourrait être problématique. Je regardais l'eau et j'avais déjà l'impression d'être à bord d'une embarcation. Je devais absolument manger quelque chose avant d'embarquer, sinon je risquais le mal de mer.

J'ai couru au premier petit bouiboui ouvert près de là et j'ai acheté un jus et un curieux sandwich aux œufs. J'en ai profité pour prendre une grande bouteille d'eau, des cachets pour le mal de tête qui commençait à se pointer et un paquet de bonbons à la menthe.

Après avoir avalé les pilules avec mon jus d'orange, je me sentais déjà mieux. Il était temps de rejoindre l'équipe à bord.

Gisèle, comme toujours, était assise tranquillement dans son coin, souriante. Je ne la voyais plus de la même façon, et je me promettais de tenter, au cours de la journée, de savoir si elle n'était pas la fameuse Emma Saytoux. Par curiosité, j'ai profité du wi-fi pour aller voir sur mon cellulaire si elle avait ajouté de nouveaux éléments à son blogue. J'ai eu la surprise de tomber sur une page annonçant que le site était fermé pour un temps indéterminé. Petite visite à ma boîte de messages. Il y en avait un d'Emmanuelle, j'avais presque oublié mon appartement et mon chien :

« Rassure-moi, Mario, tu as toujours rêvé d'avoir un aquarium, non ? Parce que j'ai rencontré un gars génial qui veut s'occuper de ma carrière, mais il en vend et j'en ai commandé un beau pour toi. Tu vas adorer. Tout va bien ! »

— Hein ?

Adrien est arrivé, splendide dans un pantalon écru et une chemise de lin blanc. J'ai remarqué les regards d'Irina et d'Isabelle qui en disaient longs sur leur approbation.

Il ne laissait personne indifférent, comment pouvait-il ne pas en profiter ? C'était tout à fait normal après tout. Les femmes s'offraient à lui, il n'avait qu'à choisir. Il avait l'assurance de ceux qui ont tout. Il me l'avait dit, il avait l'habitude des femmes qui, comme ma sœur, le courtisaient pour accéder à une meilleure situation. J'aurais aimé que Samuel soit du voyage, j'aurais pu profiter de ces heures sur l'eau pour tenter de créer une véritable intimité entre nous.

Je suis allée m'asseoir à côté de Gisèle, sur la banquette rembourrée qui faisait le tour du pont avant du navire. Nous étions à l'ombre sous un auvent de toile écrue.

C'était un yacht de taille moyenne, simple mais joliment décoré de bois foncé et de tons neutres clairs.

Adrien Weber a donné ses ordres au capitaine du bateau et nous sommes partis.

J'ai aimé regarder le rivage s'éloigner, devenir de plus en plus petit. Les maisons ont fini par disparaître tandis que nous prenions le large. Nous apercevions bien une côte au loin qui se perdait dans la brume dont nous aurions dû nous méfier, mais pour l'instant, le soleil brillait et nous profitions du spectacle.

Gisèle m'a tendu de la gomme à mâcher.

— C'est bien de mâcher quand on est en mer.

— Merci, ai-je dit en me servant.

— Tu as eu une belle soirée ? m'a-t-elle demandé.

Je me méfiais. Que savait-elle ? M'avait-elle vue partir avec Weber ou si elle voulait en savoir plus sur ma relation avec Sam ?

— Oui, merci… et toi ?

— Tranquille, m'a-t-elle avoué en se penchant vers moi. Tu as vu ? Le site d'Emma Saytoux est fermé.

— Oui, tu sais ce qui se passe ? ai-je demandé, intriguée.

— Aucune idée. Selon moi, ils l'ont démasquée et elle tente de se faire discrète.

— Il faut que ce soit quelqu'un d'entre nous, ai-je avancé, elle en sait trop. On aurait dû poser la question à Kili-Anna, elle lui a donné une interview.

— Elle l'a fait par téléphone, je lui ai demandé l'autre soir.

— Pourtant, elle semblait bien informée sur ce tournage.

— J'ai la même impression… Dis-moi, Mario… je t'ai dit que la femme de notre patron venait en Floride… Tu l'as dit à qui?

— À personne… Pourquoi? Tu ne penses pas que c'est moi qui l'ai informée, quand même?

— Non non… Je croyais être la seule au courant de cette visite. Je devais préparer sa garde-robe. Monsieur Weber m'engage parfois pour commander des vêtements pour elle depuis qu'elle est malade. Il m'avait dit de n'en parler à personne… sauf à toi.

— Pardon? Pourquoi moi? Est-ce qu'il me soupçonnait? Mais c'est affreux! Je ne ferais jamais ça… Jamais.

J'étais tellement choquée de penser qu'il avait des doutes à mon sujet, alors qu'il ne me connaissait même pas. Sinon il n'aurait jamais pu imaginer une horreur pareille. Je regrettais d'être prise sur ce bateau entouré d'eau. Si j'avais pu, je serais partie sans dire un mot.

Gisèle et moi sommes restées silencieuses. J'ai réfléchi à tout ce que ce qu'elle venait de me dire. Je revoyais ma soirée de la veille avec Adrien et tout à coup, je le trouvais encore plus perfide… Pourquoi ne m'avait-il pas parlé de ses doutes? J'espérais avoir l'occasion de lui poser la question au cours de la journée.

Chapitre 27

Après une trentaine de minutes en mer, on nous a servi un repas dans le carré du bateau. C'était une petite pièce avec une table rectangulaire entourée de banquettes. Un coin salon et une cuisine complétaient l'intérieur. Un petit escalier menait à une porte de bois, qui devait s'ouvrir sur la chambre.

Victor était étendu sur le divan et ne semblait pas aller très bien. Il était pâle et se massait le ventre. Aria discutait joyeusement avec notre producteur qui l'écoutait en souriant. Et moi, j'étais toujours préoccupée par les révélations de Gisèle. Qui pouvait être la responsable de toute cette boue étalée dans les médias? Je revoyais comment Sam avait été éloigné sans ménagement par Weber l'après-midi précédent. Je devais trouver qui était cette blogueuse impertinente. C'était une question d'honneur maintenant.

Pourquoi Emma Saytoux en voulait-elle autant à Adrien Weber? Peut-être avait-elle été victime de ses mensonges, elle aussi. C'était peut-être même son ex-femme, se servant d'un pseudonyme pour régler ses comptes. Tiens, pourquoi pas ? Je devais parler de mon hypothèse à Gisèle, mais pas maintenant, elle était en discussion avec Irina.

J'ai pris une tasse de thé et je suis remontée m'asseoir sur le pont. Je n'avais pas faim et j'avais envie d'être seule en attendant que Gisèle revienne prendre sa place. Après quelques minutes, Adrien est venu me rejoindre. C'était, évidemment, la dernière personne que j'avais envie de voir à ce moment-là.

— Je voulais vous remercier pour la soirée d'hier. Ce fut très agréable, et je suis heureux de mieux vous connaître.

— C'est moi qui vous remercie, ai-je répondu le plus poliment possible, c'était délicieux.

Il a soupiré et s'est assis, comme s'il s'apprêtait à me dire quelque chose de désagréable. Il avait une mauvaise nouvelle et se demandait comment me l'annoncer, ça se voyait. Si je ne comprenais rien aux sentiments des hommes selon ma sœur, j'étais très habile pour reconnaître les états d'âme.

— Ce matin, j'ai dû prendre une décision difficile.

— Ah oui ? Laquelle ?

Allais-je enfin savoir ce qui se tramait derrière ce voyage ?

— J'ai renvoyé Samuel Dompierre. Je lui ai demandé de faire ses valises et de prendre le premier avion pour Montréal.

Je le regardai, incrédule, complètement tétanisée.

— Je comprends votre étonnement et croyez-moi, ce n'est pas de gaieté de cœur que j'ai pris cette décision.

— Vous avez fait quoi? m'écriai-je. Vous m'avez dit hier soir que vous ne vouliez congédier personne. Vous êtes un menteur.

— Non, ce n'est pas ce que vous croyez... J'ai découvert des choses à son sujet... et j'avoue que j'espérais justement que ce voyage me permettrait de...

— Ah, oui, quoi? l'ai-je interrompu. C'est parce qu'il parlait gentiment à votre femme hier? Êtes-vous si jaloux que vous ne supportez pas qu'on l'approche? ai-je presque craché de colère.

— Attendez que je vous explique... Laissez-moi parler, je vous en prie.

— Je connais les gens comme vous, vous déformez tout... Vous n'êtes jamais responsable de rien. Vous profitez de chacun et après, vous les jetez comme des moins que rien. J'ai un travail à faire, je vais le faire, mais je vous en prie... arrêtez de me raconter n'importe quoi.

Je me suis levée et j'ai ramassé mon sac, ma bouteille d'eau et ma mallette. Je ne savais pas où aller, un bateau c'est si petit.

— C'est vraiment ce que vous pensez de moi? Je veux dire, nous avons bien discuté hier soir, je croyais que nous nous connaissions mieux maintenant. Mais vous croyez vraiment ce que vous venez de dire?

— Je ne sais qu'une chose, c'est que vous m'avez menti... et... que...

Un lourd silence s'installa entre nous. Je regardais ailleurs pour éviter à tout prix de croiser son regard.

— Ne vous inquiétez pas… je ne vous dérangerai plus.

Il s'est levé et est parti vers l'arrière du bateau. Mon cœur battait tellement fort dans ma poitrine que j'avais peur qu'on le voie à travers ma robe. Je l'ai caché d'une main. J'étais en colère, furieuse, si déçue… Je voulais pleurer, crier… Je lui en voulais d'avoir éloigné Sam de moi. Mais ma colère, m'aveuglant, m'avait empêchée de comprendre ce qui se passait vraiment.

Quand Gisèle est revenue près de moi, je n'avais plus de salive et je n'arrivai pas à lui raconter ce qui se passait.

— Bois un peu d'eau… Calme-toi, Mario. Tu as appris pour Sam ?

J'ai bu quelques gorgées et j'ai retrouvé ma respiration.

— Tu es au courant ?

— Je viens de l'apprendre moi aussi. Je sais que tu as de la peine, mais si tu tiens à lui, tu le retrouveras à Montréal. Nous rentrons dans quelques jours.

J'ai regardé la mer et les nuages qui se formaient à l'horizon sans vraiment les voir.

— Tout à l'heure je t'ai demandé si tu avais parlé à quelqu'un de la venue de Jasmine sur le plateau. Tu m'as dit que tu n'avais parlé à personne… En es-tu certaine ? Je veux dire, essaie de te rappeler. Tu n'aurais pas annoncé la nouvelle à Sam ? Ce serait normal, je ne t'avais pas dit que c'était un secret.

— À Sam ? Ah oui, oui… je me souviens. Tu as raison. Quel est le rapport ?

— Eh bien… Adrien espérait qu'en passant par toi… il pourrait découvrir qui était cette fameuse Emma Saytoux, ou au moins la personne qui l'informait. Ses billets de blogue sont néfastes à toute la production, tu comprends.

— Oui, bien entendu… mais je…

— Monsieur Weber m'avait demandé de n'en parler qu'à toi… expressément.

— Tu me l'as dit… Mais pourquoi ?

— Je pense qu'il croyait qu'il pourrait peut-être découvrir la vérité en passant par toi.

— Tu veux dire quoi, là ?

— Que la seule personne à qui tu l'as dit est Samuel Dompierre… et donc… Soyons logiques, il était le seul à pouvoir en informer Emma Saytoux.

J'ai éclaté de rire. J'avais partagé l'intimité de Sam et, vraiment, je ne pouvais l'imaginer une seule seconde en potineuse.

— Mario… les soupçons se portent sur lui depuis un bon moment.

Un profond silence s'est installé entre nous, de celui des gens qui réfléchissent à ce qui venait d'être dit.

J'étais vexée qu'on se soit servi de moi, alors que j'aurais dû m'en vouloir d'avoir traité Adrien de cette façon. Il devait me trouver si arrogante.

Sam était-il capable d'écrire des horreurs sur notre patron et sa femme ? Pourquoi aurait-il voulu nuire à l'émission ? Je revoyais son air satisfait quand je lui avais annoncé la visite de Jasmine… Qui s'était servi de moi finalement ? Adrien ou Sam ? Ou les deux ? Je fulminais.

Je vis alors Adrien s'élancer vers l'avant du bateau. Scrutant les nuages en formation, il eut soudain l'air très inquiet. Il est allé rejoindre le capitaine, je les vis discuter, ils ne semblaient pas d'accord. J'ai vu la panique dans les yeux de Weber lorsqu'il m'a regardée, j'ai compris ce qu'il tentait de me dire. J'ai tourné la tête pour voir ce qui le mettait dans cet état : une masse de nuages avançait rapidement vers nous. Le ciel était à couper au couteau, une partie bleue et l'autre aux allures d'apocalypse.

Une tempête fonçait droit vers nous, et à voir la rapidité avec laquelle le vent s'était mis à souffler, nous n'aurions clairement pas le temps de rallier le port.

Je me suis retournée vers Adrien. Nos yeux se sont rencontrés, et cette fois j'ai su que nous nous étions bien compris : nous devions sonner l'alerte et nous préparer au pire !

Chapitre 28

Les vents étaient de plus en plus puissants, les vagues prenaient de la hauteur et le tonnerre grondait en continu. Sitôt qu'un roulement s'éloignait, un autre prenait le dessus.

Le capitaine contacta la garde côtière pour se renseigner sur les changements météorologiques. Adrien et moi faisions enfiler les gilets de sauvetage aux passagers. Aria était pâle et fragile comme je ne l'avais encore jamais vue. Victor avait sorti une bouteille d'alcool découverte dans une armoire et la buvait en affirmant que la fin arrivait et qu'il fallait la regarder en face avec dignité.

Weber lui a demandé d'arrêter de faire l'imbécile et de monter sur le pont avec les autres. Puis il nous a expliqué que des tempêtes pouvaient se lever très rapidement en cette saison à cause de l'instabilité atmosphérique, et que nous devions nous attendre à être secoués.

Isabelle retenait ses larmes et Tim tentait de la rassurer en la serrant dans ses bras, bien qu'il ne semblait pas vraiment plus calme qu'elle.

La mer se déchaînait, le vent sifflait et commençait à déplacer les objets mal arrimés.

— Nous essayons de rejoindre l'île la plus proche, a annoncé notre patron. Nous sommes à dix minutes du premier port et tout devrait bien se passer. Tenez-vous bien à la rambarde.

Victor riait et chantait la chanson du film *Titanic*. Aria a marché vers lui d'un pas décidé, elle l'a regardé dans les yeux et l'a giflé.

— Victor, ça suffit… Maintenant, tu te calmes et tu viens t'asseoir avec nous, ou je recommence, a-t-elle menacé.

— Mais ça devient une habitude chez toi ! Tu vas me gifler encore souvent ? a-t-il demandé en la suivant docilement comme un enfant.

En me tenant aux cordages, je regardais notre petit groupe devenu bien silencieux. De toute façon, le bruit de la nature en furie était trop fort pour nous permettre de communiquer.

J'ai à nouveau croisé le regard d'Adrien et j'ai compris qu'il tentait de m'encourager. Il a même trouvé le moyen de me sourire avant d'aller retrouver le capitaine. Le temps me semblait long et j'avais hâte qu'on arrive à destination, surtout que les vagues gonflaient et que le bateau tanguait dangereusement.

Irina était malade et vomissait dans un seau qui est parti au vent. J'ai pris mon courage à deux mains et j'ai décidé d'aller voir ce qui se passait.

Lorsque Adrien m'a vue en bas des marches, il m'a crié :

— Nous n'avons plus de radar et nous dérivons. On aperçoit vaguement quelque chose au loin, pouvez-vous prendre les jumelles derrière vous et tenter de voir ce que c'est ?

J'ai fait ce qu'il me demandait, mais réussir à faire le focus dans ce maelstrom était pratiquement impossible. Je voyais bien une bande de couleur différente devant nous, mais je n'arrivais pas à distinguer ce que c'était.

Je me concentrais lorsque tout à coup j'ai été projetée sur une banquette qui heureusement a amorti ma chute. Je n'avais aucune idée de ce qui venait de se passer, mais nous semblions immobilisés.

Adrien a sauté les quelques marches pour venir voir si j'allais bien. Son regard était terriblement inquiet.

— Est-ce que ça va, Mario ?

Il m'a aidée à me relever.

— Oui, oui…

— Tu n'as mal nulle part ? La tête ?

— Non, tout va bien. Qu'est-ce qui s'est passé ?

— Nous venons de nous échouer… probablement un banc de sable.

Je me suis alors écriée qu'il fallait aller voir sur le pont si tout le monde allait bien. Fort heureusement, toute l'équipe était là. Isabelle, silencieuse, nous a fait signe, nous avons immédiatement remarqué le sang qui coulait de sa cuisse.

Adrien a déchiré la jambe de son pantalon pour examiner la blessure. Elle s'était coupée sur le bastingage et l'entaille était longue, mais peu profonde. Elle partait du milieu de la cuisse et descendait jusqu'à mi-mollet.

Victor a regardé par-dessus mon épaule pour voir la blessure d'Isabelle et, après avoir gémi, il est tombé dans les pommes, se cognant la tête sur le banc.

Il pleuvait tellement que nous ne voyions plus à trois mètres de nous. Les éclairs semblaient nous avoir pris comme cible, nous devions agir vite.

Adrien réfléchissait à haute voix. Il se demandait s'il fallait rester à bord ou prendre le Zodiac pour aller rejoindre l'endroit aperçu au loin. J'ai repris les jumelles et pendant les quelques secondes durant lesquelles l'eau a cessé de s'abattre sur nous, j'ai pu voir la plage d'une petite île. Il y avait même des habitations. Le capitaine a regardé à son tour et nous a dit que c'était tout près, sans doute cinq minutes en Zodiac.

Adrien hésitait, mais la blessure d'Isabelle était inquiétante et il lui fallait des soins. Le capitaine a prévenu Adrien qu'il allait tenter de recontacter la garde côtière pour les avertir que nous allions quitter le bateau avec un blessé. Même si nous ne connaissions pas notre position exacte, eux pouvaient nous repérer rapidement et venir à notre secours.

Je tremblais de froid dans ma robe détrempée. Nous avions l'air d'épaves avec nos cheveux dégoulinants, nos vêtements collés au corps et ce vent qui nous faisait frissonner. J'ai demandé à Gisèle de m'accompagner à l'intérieur pour voir si nous pouvions trouver des choses qui nous seraient utiles. Nous avons ramassé une trousse de premiers soins, des couvertures enveloppées dans des sacs en plastique, deux lampes de poche et quelques bougies.

Sur le pont, Adrien tentait de savoir si tout le monde était d'accord pour que nous embarquions dans le bateau de secours. Évaluer les risques était pratiquement impossible. Notre position n'était pas mauvaise. Nous étions échoués, d'accord, mais nous n'étions pas vraiment en danger. Le bateau bougeait encore un peu sous l'effet des vagues, mais certaines lames passaient par-dessus bord et nous douchaient d'eau de mer.

Nous avions de quoi tenir plusieurs heures. Cependant la plaie d'Isabelle nécessitait des soins urgents, et Victor avait lui aussi une belle blessure au-dessus du sourcil droit.

Après discussion, le groupe s'est divisé en deux. Une première équipe se rendrait jusqu'à la plage. Nous évaluerions la distance et les difficultés du trajet. Si tout allait bien, alors le capitaine reviendrait chercher le reste du groupe. Je me suis portée volontaire pour le premier voyage avec le capitaine, Adrien et Irina, qui semblait vraiment pressée de quitter l'embarcation, ainsi que Gisèle. À bord, nous laissions Isabelle, aux mains de Tim le cameraman qui avait des notions de survie et de premiers soins, ainsi qu'Aria, Victor et Pierre.

Le capitaine a lancé un truc dans la mer, sans doute une balise, et nous sommes montés à bord de la petite embarcation. Bien entendu, la mer déchaînée rendant le voyage difficile, nous avons mis une quinzaine de minutes pour atteindre cette plage déserte.

L'édifice que l'on apercevait de la mer était un vieil hôtel abandonné. Une autre construction avait dû servir de salle à manger à une certaine époque. La végétation avait pris possession des lieux.

Les premiers habitants que nous avons croisés étaient des lézards surpris de nous voir. Avec toute cette pluie, le lieu paraissait parfait pour le tournage d'un film d'horreur. Une vieille dame est alors sortie d'une petite maison au bout du terrain boueux. Elle nous a fait signe d'approcher.

Dans la maisonnette formée d'une seule pièce, la dame semblait vivre seule. Elle parlait mal anglais et nous a expliqué que l'hôtel était abandonné depuis trois ans.

Seulement quelques années, et déjà les bâtiments semblaient hantés par des âmes en peine.

L'orage continuait et les éclairs étaient éblouissants. Nous n'osions pas entrer, car nous étions trempés. Je rêvais de me mettre à l'abri, tant pis si cet endroit était désert, tout ce que je voulais, c'était un toit. Nous devions tenter de trouver un coin pour nous protéger.

— Tous partis… Plus personne. Rien… village par là, a dit la dame en nous indiquant qu'il fallait aller de l'autre côté de la montagne.

— Y a-t-il un hôpital? a demandé Adrien.

— Une hostal ? a-t-elle répété.

— *Doctor*, j'ai précisé, espérant me faire comprendre.

— Oui... *Doctor*. Par là...

Et elle a montré la montagne encore une fois.

Il était hors de question de partir à l'aventure pour trouver de l'aide. Du moins, pas tant que la tempête faisait rage. Les habitations nous protégeraient de la tempête et nous pourrions attendre l'aide dans un lieu sec.

Tous les dix pas, Weber vérifiait s'il avait accès au réseau wi-fi, mais nous étions vraiment coupés du monde. Impossible pour l'instant de savoir combien de temps nous le resterions. Le capitaine est reparti chercher le reste du groupe.

Pendant ce temps, nous avons décidé, Gisèle et moi, d'explorer l'hôtel pour trouver un endroit où installer Isabelle. Nous sommes entrées dans une chambre. C'était une vision très étrange que ce lieu abandonné, suspendu dans le temps. Il y avait un vieux lit. Le matelas avait été recouvert d'un plastique spécial qui devait le préserver de l'humidité et du temps. La salle de bains était terrible, comme si des vagues de boue avaient déferlé dans la baignoire. L'eau du robinet était brune et même si on la laissait couler, ça ne changeait rien.

Nous devions aménager un endroit où nous pourrions rester le temps nécessaire pour attendre les secours. Comme il pleuvait toujours très fort, Gisèle a trouvé une poubelle qu'elle a sortie afin d'y recueillir de l'eau de pluie. Nous avons lavé le plancher rapidement, fait le lit avec deux des couvertures que nous avions apportées.

Adrien est entré avec des oreillers que la vieille dame avait entreposés. Il nous a dit qu'elle utilisait l'eau d'un puits et se servait de la génératrice pour obtenir de l'électricité au besoin.

L'endroit était correct, nous étions prêts à recevoir nos blessés. Les heures d'attente seraient stressantes, oui, mais elles allaient changer notre vie à jamais.

Chapitre 29

Adrien et moi avons ensuite fait le tour des lieux. La cuisine n'était pas fonctionnelle, il n'y avait plus aucune forme d'énergie, ni électricité, ni gaz, de l'eau coulait du toit et le sol était mouillé et glissant. Adrien m'a pris le bras pour que je ne tombe pas.

La vieille dame, qui nous avait rejoints avec un vieux parapluie abîmé, nous a expliqué que son neveu venait toutes les semaines du village lui apporter de l'essence pour la génératrice, mais sinon, elle se débrouillait avec ce qu'il y avait aux alentours. Elle ajouta que quelques fermes étaient nichées dans la montagne. Un coup de tonnerre plus puissant que les autres m'a fait sursauter. La dame m'a tapoté l'épaule tout en me souriant pour me rassurer.

Cette femme était merveilleuse, elle rayonnait et ne semblait pas du tout se plaindre de sa situation. Elle avait sa petite maison et espérait seulement pouvoir continuer de vivre à sa façon. Elle attendait son fils qui avait promis de venir la voir, mais depuis deux ans, elle n'avait plus de nouvelles. Elle nous a demandé si nous pouvions l'aider à le retrouver.

Adrien lui a promis de le faire, et nous avons continué notre visite. Les arbres se pliaient sous le vent et nous courbions le dos pour avancer.

— Tempête là pour plusieurs heures…, nous a expliqué la dame.

Elle devait bien connaître les caprices de la météo de sa région, puisqu'elle nous assurait que nous ne serions pas dépannés avant le lendemain. Surtout que nous avions avisé les secours que nous étions à l'abri. Ils porteraient assistance en priorité aux personnes en danger.

Nous sommes retournés là où les autres nous attendaient. Weber a proposé que nous préparions des chambres au premier étage et il a divisé le groupe en deux : Gisèle et Irina d'un côté et nous de l'autre, pour que nous soyons plus efficaces. Nous devions rendre les lieux habitables, minimalement du moins. Il fallait faire les lits pour pouvoir dormir au sec cette nuit-là, ainsi personne ne tomberait malade.

En entrant dans une chambre, j'ai pris le temps d'observer l'endroit. Les grandes portes vitrées s'ouvraient directement sur la plage et la mer. Malgré la tempête, on pouvait deviner que la vue était magnifique, imprenable sur la nature encore sauvage. Nous étions loin des tours de plusieurs étages des plages de la Floride ou des domaines de villégiature qui s'étalaient sur plusieurs kilomètres.

C'était le genre d'endroit où j'aurais aimé passer mes vacances.

— Je ne comprends pas pourquoi l'hôtel est abandonné. Il me semble que c'est un endroit parfait, ai-je dit en déplaçant le matelas. Juste assez grand, ou plutôt juste assez petit pour se sentir chez soi.

— Les problèmes financiers arrivent de toutes sortes de façon. Des choses aussi simples qu'un problème d'alimentation en eau, une crise dans le personnel ou encore un manque de ressources peuvent rapidement faire dégénérer une situation.

Nous avons entendu le Zodiac revenir avec le reste de l'équipe. Isabelle fut aussitôt transportée jusqu'au lit que nous avions préparé. Tim a pris la trousse de premiers soins pour la soigner en attendant la venue d'un médecin. Nous n'étions pas trop inquiets pour sa blessure, à moins que les secours tardent.

Adrien et moi avons continué l'installation des chambres. Il fallait balayer grossièrement les planchers et préparer les lits. En peu de temps, nous en avions fait six, et nous avons estimé que ce serait largement suffisant.

La vieille femme était notre ange gardien. Elle arriva avec des draps et proposa de nous faire à manger. Adrien lui a promis de la dédommager, nourrir autant de personnes devait représenter beaucoup pour elle. Elle refusa en souriant, mais je savais qu'il tiendrait parole. Je voyais soudain Adrien bien différemment. C'était un vrai leader, un chef d'équipe, très généreux, et je ne doutais pas qu'il tenterait de retrouver le fils de notre bienfaitrice et qu'il lui enverrait des vivres pour la remercier.

La dame est repartie après avoir posé une grande casserole sur sa tête pour la remplir d'eau pendant qu'elle marchait jusque chez elle.

Il faisait sombre. Adrien a allumé une bougie qu'il a placée dans un verre pour qu'elle ne tombe pas. Le ciel était encore tellement noir de tempête qu'on aurait dit le début de la nuit. Le vent s'était un peu calmé et le bruit était beaucoup moins assourdissant. La pluie tombait toujours, mais l'orage semblait s'éloigner.

— Je suis désolée… je veux dire, pour tout à l'heure. Je vous ai fait des reproches parce que j'étais en colère, ai-je commencé.

— Je comprends.

— C'est que je ne sais plus qui croire. Est-ce que vous pensez vraiment que Sam puisse être Emma Saytoux ?

— Oui, a-t-il répondu simplement en secouant le drap dans les airs.

— Pourquoi ? L'émission est son gagne-pain.

— C'est une longue histoire, a-t-il laissé tomber sans me donner plus d'explications.

Je n'avais pas l'impression qu'il m'en dirait plus et je n'avais pas envie d'insister. Je commençais à ressentir les contrecoups du stress. J'étais épuisée et je me suis assise sur le lit.

— Vous avez été très courageuse… Merci pour votre aide.

— Je n'ai pas réfléchi…

— Vous devriez retirer vos vêtements et les faire sécher. Entrez sous les draps et reposez-vous. Vous l'avez mérité, dit-il en me tendant une couverture. À plus tard.

Il est sorti et je me suis soudain sentie seule, presque abandonnée.

J'ai fait ce qu'il m'a dit, je me suis déshabillée, j'ai essoré mes vêtements et mon maillot de bain. C'était étonnant toute l'eau qu'il y avait dans le tissu. Je me suis laissée sécher quelques minutes et je me suis glissée sous les draps. J'ai déplié la couverture de secours et je l'ai étendue sur moi. En moins de deux minutes je dormais.

Lorsque l'on a frappé à ma porte, je ne savais pas l'heure qu'il était. Je me demandais même où j'étais.

— Entrez ! ai-je crié après m'être assurée d'être bien couverte par le drap.

Weber est entré avec un plateau de service. Une grande casserole contenait de la nourriture, l'odeur était délicieuse et j'avais très faim.

Il m'a tendu des couverts après m'avoir demandé si j'avais bien dormi. Il a versé deux grandes louches de ragoût dans mon assiette et m'a assurée que tout le monde avait adoré le plat traditionnel qu'avait concocté la dame.

Il allait repartir, mais je l'ai invité à rester. Il a accepté, s'est assis sur le bout du lit et s'est servi la dernière portion.

— Tout le monde va bien ? Je dors depuis longtemps ? ai-je demandé entre deux bouchées.

— Vous étiez épuisée. Il est 18 h 30. Isabelle fait un peu de fièvre, je n'aime pas ça. Je voudrais aller chercher un docteur, mais la dame dit que c'est deux heures de marche et que selon elle, l'eau a déjà dû emporter une partie de la route. J'ai pensé essayer d'y aller par la mer, mais le capitaine refuse que je m'éloigne. Au moins, nous sommes au sec et nous avons à manger. La situation pourrait être pire.

Je me suis souvenue que j'avais dans mon sac des cachets contre la migraine. Je les ai aussitôt donnés à Adrien qui est allé les porter à Isabelle avec ma bouteille d'eau.

Quand il est revenu, je m'étais resservi du ragoût qui était vraiment savoureux.

— Isabelle vous remercie.

— Vous m'avez tutoyée à bord du bateau… vous pouvez continuer, ai-je dit doucement.

— Si vous le faites aussi.

— Je ne sais pas si je vais y arriver.

— Alors, dit-il, j'attendrai.

Nous avons mangé sans parler et ce silence n'était ni lourd, ni dérangeant. C'était un peu le repos du guerrier, confortable, agréable et presque complice.

— Marjolaine, je ne vous ai jamais menti. Je tenais à vous le dire. Pour moi c'est très important, a-t-il commencé. Je sais qu'on raconte des choses ridicules à mon sujet. Je suis le fils d'une famille riche et célèbre… J'ai un frère que personne ne connaît, car il se cache des médias. J'aurais peut-être dû faire la même chose, dit-il, songeur. Je vous assure que je ne suis pas celui qu'ils prétendent, et je voudrais que vous en soyez convaincue.

— Je ne voulais pas vous blesser… te… blesser.

— Je ne suis pas blessé, je suis juste désolé que… tu croies ces choses.

— Pourquoi as-tu chassé Sam hier, alors qu'il parlait avec ta femme ?

Il a souri.

— Il lui posait des questions indiscrètes sur ses amants. Je ne pense pas que c'était une façon polie de lui tenir compagnie. Et puis…

— Pourquoi Sam posait-il ces questions ? demandai-je pour l'inciter à continuer.

C'est là qu'il m'a révélé que Samuel avait été un des nombreux amants de son ex-femme. Cette idylle était ancienne et l'aventure avait été de courte durée. Un parmi tant d'autres. Adrien était au courant depuis longtemps, mais il n'avait jamais eu de raison valable, auparavant, d'éloigner Sam de la production.

Cette révélation m'a déplu, comme si Sam devenait officiellement à mes yeux un de ces partenaires jetables et peu fiables. La colère montait. Je regrettais de lui avoir accordé autant d'importance.

J'ai alors demandé à Adrien s'il avait souffert des infidélités de sa femme. Il m'a avoué avoir cru longtemps que non. Ce n'est qu'après m'avoir rencontrée qu'il s'était aperçu qu'au contraire, il en était profondément affecté et malheureux. Ce n'était pas ce qu'il espérait du mariage, il aspirait à une véritable union fondée sur un amour partagé.

J'ai ramassé les assiettes pendant qu'il parlait encore. J'ai réalisé que ses vêtements étaient toujours mouillés. Il s'était occupé de tout le monde, mais pas de lui. Je l'ai convaincu de se déshabiller avant d'attraper froid. Je lui ai donné un des draps dans lesquels j'avais dormi pour qu'il puisse retirer ses vêtements et il l'a enroulé comme une toge autour de lui avant de sortir de la salle de bains, tel un empereur romain.

Adrien a allumé deux chandelles et m'a donné une des lampes de poche prises sur le bateau. Il s'est rassis sur le lit et, le dos appuyé au mur, il a soupiré avant de poursuivre :

— La famille de Jasmine avait des problèmes financiers et son père a beaucoup insisté pour qu'elle m'épouse. Elle m'aimait bien, comme un ami de longue date, mais elle n'était pas amoureuse. Elle n'était pas heureuse avec moi. Nous sommes tellement différents. Elle aime les grandes villes, danser toute la nuit, les événements mondains. J'aime les endroits discrets, la nature, l'art et la campagne. Vous voyez… euh… tu vois, on dit que les contraires s'attirent, mais dans notre cas, ce n'était pas vrai.

Il m'a ensuite parlé de son arrière-grand-père, Ernest, né le 1er janvier 1900.

— Au cours de la Deuxième Guerre mondiale, il avait acheté des œuvres d'art à des gens paniqués qui ne songeaient qu'à fuir l'Allemagne pour se réfugier dans un endroit où ils vivraient en paix. C'est ainsi qu'il a fait fortune. Plus tard, mon grand père Gustav a continué à faire fructifier la fortune familiale en plaçant l'argent dans différentes compagnies. Il avait su prendre le virage de l'ère moderne. Pour s'affranchir d'un passé douteux, il s'est servi de sa fortune pour retrouver les propriétaires des œuvres achetées par son père. Par la suite, son fils Karl, mon père, a poursuivi sa démarche en tentant de rendre les tableaux et les sculptures à ceux qui les réclamaient, mais plus le temps passait et plus il devenait difficile de retrouver les propriétaires. Avec mon père, nous avons décidé d'exposer ces œuvres « non réclamées » au public en les plaçant dans des musées. C'était le meilleur moyen de les faire connaître. Voilà, en gros, l'histoire de ma famille. Je ne suis pas fier de ce que mon arrière-grand-père a fait, mais c'était la guerre, et il n'a pas été le seul à profiter de la situation.

— Tu n'as qu'un frère ?

— Non, j'ai aussi une sœur, Gabriella, elle est mariée à un propriétaire terrien en Argentine. Je la vois rarement, mais nous nous entendons très bien.

— Ton frère ne travaille pas avec toi ?

— Non, Lewis est dans la restauration. Il a des actions dans différentes chaînes. Mon fils doit tenir son goût de la cuisine de lui.

J'ai alors évoqué les rumeurs qui couraient au sujet de ses enfants. Il les aurait enfermés loin de leur mère, dans des pensionnats à l'étranger.

Il m'a souri et j'ai su qu'il n'aurait jamais pu agir de cette façon.

— Mon fils Jonathan a vingt ans… Oui, je sais, je l'ai eu jeune. J'avais seulement vingt-deux ans. Il étudie la cuisine dans une école très réputée en France. C'était son choix. Ma fille, Delphine, elle a dix-huit ans et s'intéresse au cinéma. Elle fait quelques petits boulots à Los Angeles en attendant d'être admise dans une école.

Je t'assure qu'aucun des deux ne vit dans un pensionnat. Je pense que les rumeurs viennent du fait que ma femme s'ennuie beaucoup d'eux. Elle aimerait qu'ils viennent la voir plus souvent, mais j'ai beau leur demander d'être plus assidus, ils ont l'âge des découvertes, des sorties et des amis. Ils n'ont pas envie de passer du temps avec une femme malade, même s'ils l'adorent. Je ne peux pas la laisser seule, alors j'en prends soin parfois, même si je sais que je l'ennuie.

Je l'écoutais comme si tout ce qu'il me disait confirmait une impression que j'avais déjà. Ce qu'il racontait allait parfaitement avec ce que je ressentais. Comment avais-je pu douter de lui?

J'ai rallumé une bougie qui s'était éteinte. À mon tour, je lui ai parlé de moi et aussi de ma famille. Je lui ai même montré des photos de Gauguin, et j'ai été soulagée de voir qu'il craquait devant son irrésistible minois. Je lui ai confié l'état dans lequel j'étais au moment du départ. Le froid, et surtout la tristesse qui m'habitait. Je lui ai expliqué l'effet positif de la distance sur mon esprit d'abord, puis sur mon cœur.

— C'est peut-être moi qui t'ai fait du bien, a-t-il dit en riant, fièrement.

Et puis, je lui ai parlé de ma rupture qui m'avait fait beaucoup de mal, des rencontres qui passaient rarement le test du petit déjeuner et de Samuel. Des attentes que j'avais eues envers lui. Il s'était avéré tellement différent de l'homme que j'avais cru connaître. Je l'avais imaginé plein d'humour et de joie de vivre, mais c'était sans doute un personnage qu'il affichait dans sa vie professionnelle. Dans l'intimité, il était froid et distant. Par ailleurs, je ne pourrais jamais lui pardonner si c'était réellement lui qui se cachait derrière cette horrible Emma Saytoux.

— J'ignore encore si c'est lui qui a écrit les articles ou bien s'il ne sert que d'informateur, m'a dit Adrien.

— Peu importe. Je suis très déçue.

Il combattait le sommeil. J'ai fini par cesser de parler pour le laisser se reposer. J'ai remonté la couverture pour qu'il ait chaud et juste avant d'éteindre la bougie, je l'ai regardé dormir. Il était vraiment très séduisant. J'ai pris la lampe de poche et j'ai enfilé par dessus mon drap un des sacs en plastique qui avaient recouvert le matelas, puis un de ceux qui avaient enveloppé un oreiller me servait de chapeau. C'était d'un chic ! Imaginez de quoi j'avais l'air ! Mais bon, j'en avais assez de me faire mouiller. Je suis sortie ainsi sous la pluie battante. Je voulais prendre des nouvelles du groupe.

C'était un peu comme si cette chambre, que je devais au départ partager avec Gisèle, devenait tout à coup la nôtre, à Adrien et moi. Elle était à part des autres, notre bulle. En fait, ce n'était que le début d'une histoire qui prenait son envol.

Chapitre 30

Dans la première chambre, j'ai trouvé Isabelle souriante, mangeant une carambole apportée par la vieille dame. Tim était installé sur le lit, le dos appuyé au mur. Il m'a expliqué que la fièvre d'Isabelle ne venait pas de sa plaie. L'entaille avait été bien nettoyée.

— Je vais déjà mieux, Mario. Ne t'en fais pas, m'a dit Isabelle.

— Vous n'avez besoin de rien ?

— Non, merci, ont-ils répondu ensemble.

— Tim, tu partages ta chambre avec Pierre, c'est la 5. Elle est prête si tu veux te reposer, ai-je ajouté.

— Je préfère rester ici. Je vais surveiller notre blessée et m'assurer que tout se passe bien.

— Comme tu veux. Je suis à la chambre 8, si jamais il y a quoi que ce soit, viens me chercher.

— Hé Mario ! m'a lancé Isabelle. Tu as un look d'enfer, tu sais !

Et elle a ri.

C'est vrai que j'avais toute une allure avec mes sacs de plastique enfilés par-dessus ma fausse toge en draps.

— Quoi, tu n'aimes pas ? ai-je fait joyeusement.

— Oh oui… ça te va comme un gant… de plastique, a-t-elle ajouté en riant.

Je les ai laissés et suis allée dans la chambre suivante. Irina, Gisèle et Pierre étaient installés au milieu des bougies et parlaient cinéma. Ils avaient inventé un jeu pour passer le temps. Chacun devait faire deviner aux autres le titre d'un film, c'était à qui trouverait le premier, mais ils ne devaient donner pour indice qu'un seul nom commun à la fois, aucun nom propre.

— Théâtre, a proposé Pierre.

— *Anonymus* ? a répondu Irina.

— Non.

— *Amadeus* ? a tenté Gisèle.

— Balcon.

— *Roméo et Juliette* ! a dit Gisèle.

— Non.

— Un autre indice, a demandé Irina.

— Hommes.

— *Shakespeare in Love* ? ai-je suggéré.

— Oui ! Ouiiiiii ! a crié Pierre.

Nous avons ri.

Gisèle m'a ensuite confirmé qu'elle resterait dans cette chambre et m'a dit de ne pas l'attendre. Je les ai laissés continuer sans moi, n'osant pas révéler à Gisèle que quelqu'un dormait déjà à sa place.

Aria et Victor avaient décidé de partager une chambre. Elle prenait soin de lui, et j'avais l'impression d'être devant des amoureux de longue date. Inutile de chercher comment ces deux acteurs qui se détestaient autant pouvaient tout à coup avoir autant de tendresse l'un pour l'autre, je ne comprendrais jamais. La coupure de Victor lui donnait un charme fou, selon Aria.

— Donc, tout va bien, vous n'avez besoin de rien ? ai-je demandé en restant sur le pas de la porte.

— Non Sandro, merci, tout va bien, a répondu Aria.

— Mario, son nom. Tu le fais exprès.

— Ne t'avise pas de prononcer ce mot ! Tu as déjà oublié la gifle que ça t'a valu la dernière fois ? Tu avais osé prétendre que je faisais « exprès » pour retarder le tournage en me trompant, espèce de vieux potiron.

— Je ne le dirai plus… promis.

— Si vous avez besoin de quoi que ce soit, faites-moi signe.

J'ai refermé la porte doucement et j'ai continué sans m'arrêter à la chambre suivante ; je savais que le capitaine y dormait, seul.

En chemin, j'ai croisé la vieille dame. Je lui ai demandé comment elle s'appelait. En guise de réponse, elle m'a donné un papier sur lequel étaient inscrits le nom et l'adresse de son fils à Miami. Elle voulait que je le garde.

— Madame… Vahina ?

Je l'ai montrée du doigt pour savoir si c'était bien son nom. Elle a ri comme si je venais de dire quelque chose de très drôle. Elle s'est pointé la poitrine et m'a dit : « Alina. »

Elle m'a fait découvrir l'entrepôt qu'avait visité plus tôt Adrien. J'y ai pris quelques couvertures et oreillers supplémentaires. Il y avait un peu de tout, mais rien d'autre qui soit vraiment utile pour l'instant, et je ne pensais pas que nous resterions plus d'une nuit de toute façon.

La vieille femme m'a ensuite expliqué, dans un langage mêlant un peu d'anglais et de nombreux signes, que les gens du village n'avaient plus de travail, que son fils était parti quand l'hôtel avait fermé. Qu'avant, il y avait toujours des visiteurs, que l'hôtel fournissait de l'emploi à tout le monde et que les habitants de son village étaient heureux. Depuis la fermeture, les plus jeunes étaient partis vivre dans la capitale et il ne restait que des vieux.

Les habitants de l'île espéraient qu'un jour des touristes reviennent pour redonner de la vie à cet endroit.

J'aurais voulu l'aider, mais je ne voyais pas comment. Cette île était magnifique, pourquoi personne ne voulait en profiter ? Il y avait une très jolie plage en demi-lune. Je devinais que le sable était fin car nos pas s'y enfonçaient. Beaucoup d'arbres, une nature luxuriante et des gens locaux qui travaillaient sur place. Il y avait là tout ce que je cherchais lorsque je partais en vacances, et je ne devais pas être la seule.

Elle m'a fait signe qu'elle allait se coucher. On s'est souhaité bonne nuit.

Je suis retournée dans ma chambre, enfin, dans notre chambre devrais-je dire, car dans mon lit se trouvait Adrien qui dormait profondément. J'ai vu qu'il frissonnait un peu, je lui ai mis une nouvelle couverture que j'avais rapportée de l'entrepôt.

Il m'apparaissait de plus en plus séduisant et mon cœur se mit à battre plus fort. Je tentai de me souvenir de ce qu'il m'avait dit lors de notre souper en tête-à-tête. M'avait-il vraiment fait une déclaration d'amour, comme le prétendait ma sœur ?

Si cet homme m'aimait vraiment, à quoi ressemblerait ma vie avec lui ? Il était riche et je ne l'étais pas. Je ne connaissais rien de la vie de ces gens-là… Cependant je ne pouvais m'arrêter de le regarder. Son nez droit, ses lèvres minces mais bien dessinées, qui semblaient tellement douces.

J'ai soudain réalisé que je l'avais désiré dès l'instant où je l'avais aperçu par la fenêtre du minibus, avant le départ, alors qu'il donnait sa valise au chauffeur.

Je devais comprendre ce qui m'arrivait. Il était clair pour moi que ma relation avec Samuel ne pouvait pas fonctionner. J'avais besoin de tendresse, d'amour et d'intimité dans mes rapports amoureux. Je ne pouvais pas seulement me contenter de sexe.

En plus, je prenais conscience que je ne savais rien de Sam, et cette affaire Saytoux m'embêtait sérieusement. À qui pouvait-il transmettre ses informations ? Nous étions loin d'une relation fondée sur la confiance. Il était tellement différent de la personne que j'avais imaginée. Il était clair que je m'étais trompée.

Mais je sentais bien que je résistais à l'idée de m'intéresser à Adrien Weber. Il avait une vie si différente de la mienne et, en y songeant, j'ai senti une tristesse m'envahir. Pourquoi n'était-il pas simplement un type bien qui aurait exercé un métier ordinaire ?

J'enrageais à imaginer ma mère sautant de joie parce que j'avais enfin trouvé un homme à sa mesure, selon ses rêves… En même temps, je ne devais pas laisser ce sentiment me faire passer à côté d'une relation précieuse.

Et il y avait Esther. Qu'allait dire ma sœur ? Elle voudrait m'arracher les yeux. Je ne pouvais pas lui voler l'homme qu'elle aimait… c'était totalement impossible. Pourquoi ne l'avait-il pas repoussée, si c'était vraiment pour moi qu'il avait décidé de participer au voyage ?

Qu'aurais-je fait à sa place ? Plus j'y réfléchissais et plus j'arrivais à la conclusion que j'aurais agi de la même façon que lui : je me serais montrée polie, élégante tout en demeurant distante.

— À quoi penses-tu ? m'a demandé Adrien. Je vois toutes sortes d'émotions passer sur ton visage.

— Tu ne dormais pas ?

— Oui… mais je t'ai vue assise à mes pieds, et tu sembles en pleine réflexion.

— Pourquoi n'as-tu pas repoussé ma sœur ?

Il prit une seconde de réflexion.

— Parce que tu ne me l'aurais jamais pardonné. Je ne devais pas lui faire mal.

— Tu as bien présumé, c'est vrai.

— Nous sommes très semblables, tu sais.

Il s'est tourné sur le côté. Même s'il avait tenté de s'éveiller, je voyais que le sommeil reprenait le dessus. Il s'est rendormi.

Dans quoi j'avais mis les pieds ? Cette relation ne mènerait nulle part. Je me rappelai ce que m'avait raconté Aria. Le couple de l'heure ? Être sur la une de tous les magazines ? Ce n'était pas pour moi, cette vie-là.

Je me suis approchée de lui, car je grelottais de froid. Il était si beau. Il avait quarante-deux ans, mais ne les faisait pas. Un éclair a illuminé son visage, ses lèvres semblaient vraiment trop douces. J'ai su dès lors que j'étais follement amoureuse de mon patron, ce qui, en soi, était une très mauvaise nouvelle.

Sans faire de bruit, je me suis glissée sous la couverture, et son bras m'a enlacée pour m'attirer près de lui. Nous étions allongés l'un contre l'autre, son souffle dans mon cou était chaud et je me sentais bien.

J'aurais pu aller dans une autre chambre, mais cette idée ne m'avait pas même effleuré l'esprit tellement je sentais que c'est à cet endroit précis que je devais être.

Chapitre 31

J'ai été réveillée par un rayon de lumière qui jouait sur ma joue et venait titiller mes paupières. Adrien n'était plus à mes côtés.

Encore une fois, mon partenaire était parti avant que je me réveille, évitant le premier rendez-vous du matin. J'avoue que j'étais déçue, j'aurais espéré que ce soit différent cette fois-ci.

Cependant, nous n'avions que dormi ensemble, au moins, c'était déjà moins douloureux. Je me suis levée et j'ai pris de l'eau dans le seau posé près de la porte. Je me suis lavée sans savon, mais ça m'a fait du bien. Je n'avais que mes bonbons à la menthe pour l'haleine, mais ils seraient utiles.

J'ai enfilé mon bas de bikini encore humide et ai de nouveau entouré mon corps du drap. Comme il faisait enfin soleil, j'ai sorti ma robe et l'ai placée sur la branche d'un bananier qui était juste à côté.

Cet endroit était vraiment charmant. Nous pouvions enfin découvrir le paysage sous un éclairage différent.

La plage était belle malgré les algues apportées par la houle. La mer s'était calmée et avait repris sa jolie couleur turquoise. De vieilles chaises longues étaient empilées au pied d'un grand rocher.

En passant les grandes portes vitrées de la chambre, on se retrouvait sur une plateforme en bois qui servait de terrasse. De chaque côté, les ibiscus roses et rouges grimpaient à une clôture de treillis préservant l'intimité. Quelques branches avaient été arrachées par la tempête, mais l'essentiel avait tenu.

Une petite table en fer forgé, rouillée, et deux chaises, où jadis on avait dû prendre les repas apportés à la chambre, étaient là, renversées. Je les ai replacées pour pouvoir m'asseoir. Entre les cocotiers qui longeaient la plage, des hamacs usés, délavés et déchirés semblaient encore attendre les touristes.

— Bonjour, ai-je entendu dans mon dos.

En me retournant vivement, j'ai vu Adrien qui traversait la chambre avec un plateau qu'il déposa devant moi. Il y avait une cafetière, un panier de fruits, quelques biscottes, du beurre et même de la confiture.

Il était si séduisant avec son pantalon roulé jusqu'aux mollets et son torse nu.

— Bonjour, ai-je répondu tout en essayant de cacher ma joie de le voir.

— C'est que… le petit déjeuner est compris… et je ne voulais pas manquer ce rendez-vous. Je ne garantis pas la qualité du café cependant. Mais je t'assure que c'était bien inscrit « café » sur la boîte.

— Merci... Il serait fait avec de la boue que je le trouverais génial ce matin.

— Ne parle pas trop vite, tu pourrais être surprise.

Il m'a servi un café onctueux... épais... presque boueux, dans un verre.

— Le lait est d'une couleur étrange. Il vient d'une ferme locale. Selon Alina, il est bon. Ah, oui, et j'ai pu mettre la main sur du sucre brut.

Il a versé le lait et ajouté du sucre avant de me tendre le gobelet.

— Madame est servie !

J'étais sous le charme. Il s'est attablé à son tour. Il était souriant et semblait heureux.

— Isabelle va bien, et le capitaine a parlé à la garde côtière. Si ici la tempête est terminée, il y a encore des problèmes un peu plus loin. Ils vont venir dès que le calme sera revenu.

— Ce café est délicieux...

— Il est infect, a-t-il dit en riant. Mais il fait du bien.

Je n'en croyais pas mes yeux. Nous mangions en tête-à-tête. Tout se passait normalement. Je me sentais si bien, et c'était si naturel que j'avais envie de rire de bonheur.

— Hier, tu m'as dit que les hommes de ta vie évitaient les petits déjeuners.

— En effet.

— Si tu veux, moi, je suis prêt à partager les tiens chaque fois que tu le désireras.

J'aurais voulu sortir une bonne réplique. Quelque chose de drôle qui l'aurait fait rire. Mais tout ce que j'ai réussi à faire, c'est de lui sourire parce que j'étais heureuse qu'il soit là, à prendre son café avec moi.

— Il ne faut pas oublier les fruits. Le cousin d'Alina est venu l'aider. Il paraît qu'il nous a vus du haut de la montagne où il a une petite ferme. Il a apporté le lait et le beurre, et surtout des fruits cueillis ce matin.

J'ai sauté sur la carambole et il a pris une boule brune ressemblant un peu à un kiwi. Pendant que nous mangions, j'ai mentionné à Adrien ce que m'avait dit Alina au sujet des gens du village et des jeunes qui devaient partir pour trouver du travail.

Il était bien d'accord que la fermeture de l'hôtel avait dû être une catastrophe pour l'économie locale. Cependant, il doutait que l'établissement puisse être de nouveau rentable.

Je lui ai alors dit que, moi, je paierais cher pour trouver un endroit encore sauvage. Où me plonger dans la vie locale et manger des fruits cueillis le matin même. Une jolie plage sans musique assourdissante. Des chambres sur la mer, où il ne faut pas faire des kilomètres pour aller d'un endroit à l'autre. Un restaurant ouvert sur les étoiles, et où on pourrait manger à table avec les pieds dans le sable, comme à cet endroit où il m'avait amenée l'autre soir.

Les gens riches n'aimaient-ils donc que les édifices en hauteur, les plages bondées ?

— Ma femme, oui.

— Et toi ?

— Non... tu as raison. Mais je ne pense pas que les riches aient encore besoin d'un nouvel endroit. Crois-moi, ils ont des îles privées, des villas sur les plus belles plages, ils sont déjà assez gâtés.

Plus le temps passait, moins j'avais envie de quitter cet endroit. J'étais heureuse sur cette plage. Adrien n'était pas étranger à ce bien-être et j'en étais consciente.

Au loin, nous avons alors aperçu Aria et Victor qui marchaient main dans la main. Nous nous sommes regardés, incrédules. Cette image aurait été inimaginable il y avait deux jours à peine.

— Peut-être que c'est une île enchantée, a supposé Adrien, souriant.

— Et le magicien, c'est toi ?

— Ou toi ? Je te vois bien en fée.

Après quelques minutes de silence, je me suis lancée dans des questions plus sérieuses.

— Qu'est-ce qu'on va faire ? Je veux dire après, en rentrant ?

— Que veux-tu faire ?

— Je ne sais pas...

— Et bien... voilà. Il faut que tu reprennes ta vie. Tu vas retrouver Gauguin... le chien, a-t-il précisé en souriant. Tu vas réfléchir et penser à moi. De mon côté, je vais faire un peu de ménage dans ma vie et trouver de la place pour toi. Si tu décides de me rejoindre, tout sera prêt… Donnons-nous quelques semaines… et voyons où ta réflexion te mènera.

— Tu… tu veux vraiment de moi ? Tu…

Je n'osais pas lui demander quels étaient réellement ses sentiments.

— Oui… je suis vraiment amoureux de toi, depuis la première fois que je t'ai vue dans cette salle de musée. Quand j'ai su que tu ne t'étais pas mariée, j'ai repris espoir… et comme un fou, j'ai tout fait pour me rapprocher de toi. Je suis venu en Floride pour tenter de découvrir qui est Emma Saytoux, je me doutais depuis un moment que c'était quelqu'un de l'équipe et les indices portaient de plus en plus mes soupçons sur Sam Dompierre. Mais quand j'ai su que tu étais du voyage, je n'ai plus pensé qu'à me rapprocher de toi et je suis convaincu d'avoir pris la bonne décision.

Il était penché au-dessus de la table pour ne pas parler trop fort.

— Marjolaine Vaillancourt, si tu me le permets…

Je me suis avancée vers lui pour répondre quelque chose, mais mes lèvres se sont dirigées vers les siennes sans que je ne puisse les en empêcher.

Nous nous sommes embrassés par-dessus la petite table. Il me caressait le visage en me regardant avec ses yeux perçants. Il m'a attirée vers lui et je me suis assise sur ses genoux. Mon drap est tombé dans le mouvement et je ne l'ai pas retenu. Nous nous enlacions comme si nous étions en manque d'amour depuis trop longtemps. De sa main gauche il tenait ma tête en me jouant dans les cheveux, et de l'autre, il me touchait doucement un sein. J'aurais voulu que ce moment ne s'arrête jamais. C'était tellement doux.

Il y avait plus de tendresse et d'amour dans ce simple rapprochement que dans tout ce que j'avais vécu avec Sam.

Sa barbe un peu longue me piquait les joues et il a éclaté de rire en reculant doucement.

— Regarde-nous.

Je me suis mise à rire de bon cœur, car il avait raison. Nous étions cotonnés, sales, et c'était vraiment trop fou.

À ce moment, nous avons entendu le grondement de moteur d'un bateau approcher. C'étaient les secours. Nous devions nous préparer à partir. Sur le quai, le capitaine marchait vers eux pour les accueillir. Moi, j'étais déçue qu'ils arrivent si tôt.

— Je dois y aller. Il y a du matériel sur mon bateau et nous devons le récupérer. Écoute-moi… Nous nous retrouverons dans quelques semaines. D'ici là, réfléchis et essaie de me trouver une place dans ton cœur. Fais-moi confiance et ne t'inquiète de rien, quoi que tu entendes… n'écoute pas les rumeurs. Je vais préparer ton arrivée dans ma vie. Ça te va ?

— Oui… bien entendu. C'est d'accord.

— Si je ne te fais pas signe, ça ne voudra pas dire que je ne pense pas à toi… c'est que je serai occupé, tu ne t'inquiètes pas. Promis ?

— Je vais essayer, ai-je soupiré.

Il s'est levé et est parti après m'avoir embrassée une dernière fois. Je ne savais pas ce que l'avenir nous réserverait, mais je me sentais terriblement triste de le voir s'éloigner.

Chapitre 32

Au retour, le reste de l'équipe nous attendait sur le quai, sauf Sam bien entendu, qui était déjà reparti. Joseph embrassa Gisèle, et Sandro pleurait, soulagé de nous revoir. Esther m'a sauté dans les bras, elle avait été très inquiète. Je l'aurais été aussi, à sa place. Des photographes de journaux locaux se trouvaient là aussi, et nous avons pressé le pas.

Avant de monter dans le minibus qui nous reconduirait à nos cottages, j'ai observé Adrien qui donnait à un journaliste une interview en anglais. Il m'a regardée aussi et nous nous sommes compris encore une fois. Du regard, il me disait : « N'oublie pas ce qu'on s'est dit. »

Ma sœur me posait des questions et je ne savais pas quoi lui répondre. Comment lui dire que je lui avais volé l'homme qu'elle croyait aimer ? Il fallait bien qu'elle réalise qu'elle n'était pas vraiment amoureuse d'Adrien Weber, qu'en fait elle ne rêvait probablement qu'à la notoriété qu'elle aurait obtenue en le fréquentant.

Je lui ai raconté la tempête, le bateau échoué, le Zodiac et l'hôtel abandonné qui nous avait servi de refuge, tout, sauf la nuit passée dans les bras d'Adrien. Rien, surtout, au sujet de ce premier petit déjeuner mémorable dont je garderais longtemps la douceur dans mes souvenirs.

Je pouvais facilement m'imaginer vivant sur cette île avec lui, mais je l'imaginais mal, lui, dans mon petit condo à une chambre...

Cependant, voilà, il avait bien raison, le gentil docteur. Il m'avait prévenue que je devrais accorder une place à l'homme qui saurait gagner mon cœur.

Le téléphone d'Esther a sonné en même temps que le mien, c'était un message de la production nous avisant que les tournages étaient annulés pour l'instant. Que des scènes seraient complétées en studio. Nous rentrions en avion dès le lendemain.

Terminé le soleil, la piscine et la plage. Nous retournions à l'hiver le plus froid de l'histoire. À nos bottes doublées et à nos écharpes de laine. Esther et moi, nous avons soupiré.

Avant de faire quoi que ce soit, toutefois, je me suis précipitée sous la douche. Me brosser les dents et les cheveux n'avait jamais été aussi agréable. Ensuite, nous avons passé quelques heures à profiter une dernière fois de la piscine, sous le soleil de l'après-midi.

J'ai raconté à Esther ce qui s'était passé avec Sam et la fameuse Emma Saytoux. Nous ne connaissions pas encore la véritable identité de cette femme, car je doutais vraiment que Sam puisse avoir produit ce genre de textes virulents, d'un style trop féminin selon moi. Esther et moi avons cherché dans les maîtresses présumées d'Adrien. Ma sœur avait lu quelques potins, mais quoi qu'on en dise, il ne semblait pas être un homme à femmes. Elle a même reconnu que ce type de rumeur était rare à son sujet, et qu'il y avait des chances que ce soit un homme plutôt fidèle. Il avait résisté à Aria et à elle, ce qui voulait dire beaucoup.

Esther s'est mise à parcourir mentalement les comédiennes renvoyées dernièrement des productions chapeautées par Loup-Garou. Elle fouillait sur Internet, mais personne, parmi les femmes qui correspondaient à ces critères, n'aurait vraisemblablement pu être Emma la potineuse.

Il faudrait que ce soit une femme que Sam connaîtrait bien… Aurait-il voulu venger Jasmine ? Nous devions répondre à deux questions : pourquoi Samuel avait-il transmis ces informations, et à qui ?

Ma sœur a souligné que la maison Loup-Garou avait plusieurs projets en même temps, pas seulement la série sur laquelle nous travaillions.

— Marjo… ce qu'a fait Sam, est-ce que ça change quelque chose pour toi ? Vraiment ?

— Oui, j'avoue que ça change tout. Je voudrais même pouvoir effacer ce qui s'est passé entre nous.

— On est différentes toutes les deux. Moi, je choisirais de me battre, m'a expliqué Esther. Je me rangerais derrière lui. J'aime bien devoir jouer du coude pour un homme.

— Moi, c'est le contraire, je rêve d'un amour tranquille, sans histoire.

Ester s'est redressée dans sa chaise longue dans un geste décidé.

— Marjo, je te laisse Adrien Weber…

— Pardon ?!

Je me suis redressée à mon tour.

— Ne fais pas l'innocente, a-t-elle poursuivi. J'ai bien vu comment il te dévorait des yeux quand tu es descendue du bateau. Il est fou de toi. Ne sois pas idiote… ne laisse pas passer cette chance. Il est adorable et riche.

— Trop riche…

— Ahhh ! Je savais que tu dirais ça… mais ça ne compte pas. Arrête. Trop riche, ça veut rien dire !

— Je vais y réfléchir. Je te remercie. C'est vrai… c'est vraiment gentil, mais on verra.

Nous sommes rentrées, puisqu'il était temps de faire nos valises. Après, nous irions manger dans un petit restaurant que nous avions repéré près du canal.

Nous avons passé la soirée à parler de nos expériences, de notre enfance. Ce voyage nous avait rapprochées, Esther et moi. Mon père serait content de nous voir ainsi, et maman n'y comprendrait plus rien.

Une dernière nuit et déjà, le lendemain, ce serait le retour à la vraie vie. La météo de Montréal annonçait encore du froid, et j'ai sorti mon manteau avec dédain.

Je détestais le froid.

Chapitre 33

De retour à la maison, j'ai eu toute une surprise. Ma voisine la calamité m'attendait devant la porte de son appartement, les bras croisés. Elle m'avait vue arriver par sa fenêtre et ne semblait pas de bonne humeur.

— J'ai dû faire venir le plombier, on a défoncé ta porte, l'eau entrait dans mon appartement. Je te préviens, la facture va être salée... crois-moi. Et je ne parle pas du bruit que j'ai enduré. L'enfer !

Puis elle a claqué sa porte pour que je saisisse bien l'ampleur de sa colère.

J'étais inquiète. La porte n'était pas verrouillée, on avait démonté la serrure. Un désordre incroyable régnait dans l'appartement. Les meubles avaient été déplacés. À première vue, rien n'était abîmé, mais c'était un vrai capharnaüm.

Il y avait des restes de pizzas, des boîtes, des serviettes de table, des verres sales et des bouteilles de bière vides.

Emmanuelle avait utilisé mon appartement pour recevoir ses amis ou quoi? Et c'était quoi, ce truc horrible encastré dans mon mur? Je me suis approchée. Il s'agissait d'un aquarium géant, vide, sans eau, sans rien. Le plancher était gondolé, j'ai compris que l'eau s'était échappée par la base et avait inondé l'appartement de Grincheuse à côté.

J'ai trouvé un mot griffonné rapidement:

« Mon appart n'était pas présentable, j'ai fait croire qu'ici c'était chez moi et tu as donc hérité de ce superbe aquarium! Emmanuelle xxx »

J'ai cherché mon chien, réalisant soudain qu'il n'était pas venu m'accueillir. Ce n'était pas normal.

— Gauguin... tu es là, mon amour?

J'ai fouillé partout et ne l'ai pas trouvé. Je suis allée sur le palier et j'ai martelé la porte d'Emmanuelle. Elle ne répondait pas. C'est l'autre qui a rouvert la sienne.

— Ne la cherche pas, elle n'est pas là depuis deux jours. Elle est partie avec un gars et je ne les ai pas revus.

— Vous savez s'ils ont amené mon chien avec eux?

— Non, c'est le voisin du dessus qui l'a pris.

J'ai grimpé les marches en courant et j'ai entendu mon chien aboyer. Le vieil homme a ouvert et Gauguin a gambadé vers moi.

Que s'était-il passé? Je ne pouvais pas croire qu'Emmanuelle soit partie avec le type qu'elle avait rencontré. Un vendeur d'aquarium? C'était quoi, cette histoire?!

En redescendant, ma voisine attendait toujours.

— Je ne comprends pas, lui ai-je seulement dit.

— Elle a gagné un aquarium en participant à une rencontre des anciens de son émission. Un truc avec le public... dans un centre commercial. Elle était trop heureuse de me raconter qu'elle participait à cette soirée, elle en était insupportable. Deux jours plus tard, ils sont venus installer ladite chose dans le mur. Le bruit, je ne te dis pas. En plus, ce soir-là, elle a reçu tout le groupe chez toi et ils sont partis aux petites heures du matin.

— Mais elle a abandonné Gauguin! Elle est partie où?

— Avec ce garçon que j'avais déjà vu une fois ou deux. Elle m'a dit que c'était son frère, un demi-frère plutôt. Je n'arrive pas à me souvenir de son prénom.

— Merci... et vraiment, je suis désolée pour le dérangement.

Je suis rentrée complètement découragée. Il ne me restait plus qu'à faire le ménage. Esther avait déjà prévu de dormir chez une amie pour quelques jours, heureusement, car j'avais vraiment besoin de me retrouver seule. J'ai pris une douche et je me suis couchée, même s'il était très tôt. Gauguin a pris sa place habituelle dans le lit. Il s'est collé contre moi.

Je ne suis pas parvenue à m'endormir, mais il fallait que je me retrouve avec moi-même. Alors je me suis mise en boule et j'ai pleuré. Je cherchai d'où venait cette émotion vive et soudaine. Pourquoi toutes ces larmes?

J'en voulais à ma voisine pour ce truc horrible qu'elle avait installé dans mon mur ; à l'hiver d'être si froid ; à cet appartement de ne m'avoir jamais fait sentir chez moi ; à mes voisines de ne pas s'entendre ; à ma vie qui partait dans tous les sens. J'avais l'impression de ne plus rien contrôler.

J'ai pleuré d'être faite ainsi. Incapable de profiter de la vie et surtout de l'amour, à cause d'un gars qui m'avait brisé le cœur, qui ne me méritait même pas.

Je voulais être comme Gauguin, le peintre, qui voyait de la couleur même où il n'y en avait pas. Il avait fini par trouver la lumière, par s'octroyer la liberté de vivre ses émotions. Je voulais briser ces chaînes dont je m'entravais moi-même.

Je désirais retourner sur l'île, retrouver Adrien et l'embrasser en marchant sur la plage. Je souhaitais vivre dans un monde où les branches des arbres portent des lanternes qui valsent au vent, où la musique se joue sur des bidons vides.

Gauguin avait un don pour comprendre ce que je ressentais. Il est monté jusqu'à mon visage et m'a poussé le menton avec son museau.

— Je sais, Gauguin, tu es inquiet... Ça va aller. C'est que j'étais bien là-bas, tu sais. J'espère juste qu'il ne m'oubliera pas. Une chance que tu es là.

Le lendemain matin, j'avais congé. Je me suis habillée comme si je partais à la découverte du pôle Nord. J'ai même enfilé un petit manteau à mon chien et nous sommes allés faire une promenade.

Il y avait des décorations partout, nous rappelant que Noël approchait. J'avais complètement oublié. Je ne me sentais pas encore dans l'esprit des fêtes.

En rentrant, j'ai pris mon courrier dans le hall et quelque chose a attiré mon regard vers la boîte aux lettres d'Emmanuelle. Son prénom avait été raccourci pour entrer dans le petit espace prévu pour l'identification du casier et je pouvais lire : « Emma S. »

Emma, pour Emmanuelle et S, pour Senécal. C'était pas possible ! L'intuition qui m'envahit alors était trop folle pour être vraie. J'ai pris mon chien sous le bras et j'ai monté les marches quatre à quatre. J'ai frappé à la porte de mon exécrable voisine. Aussitôt qu'elle a ouvert, je lui ai demandé :

— Le gars avec qui est parti Emmanuelle... Il ne s'appelait pas Sam ou Samuel, par hasard ?

— Oui, c'est exactement ça, Samuel. C'est bien le prénom qu'elle m'a dit.

Je suis rentrée chez moi, tentant de mettre les informations bout à bout. Qu'est-ce que j'avais loupé en route ? Je connaissais un peu ma voisine, mais à bien y penser, il est vrai qu'elle m'avait rarement parlé de sa famille. Elle fréquentait toutes les premières, rêvait de se faire un nom et, en même temps, détestait les gens du milieu parce qu'ils ne lui avaient pas fait de place dans leur univers.

Je suis allée vérifier une information sur Internet. En quelques secondes, j'étais fixée : la fameuse téléréalité à laquelle elle avait participé avait été produite par Adrien Weber... Lui en voulait-elle pour cette troisième place qui l'avait privée de la réussite dont elle rêvait ? Certainement. Je me souvenais des discussions que nous avions eues à ce sujet. Elle n'arrêtait pas de répéter qu'elle aurait dû gagner, que c'était de la faute de la production si elle n'avait pas eu la première place. Elle était agressive dès qu'elle abordait ce sujet.

Ma voisine était donc la demi-sœur de Sam, puisqu'ils ne portaient pas le même nom de famille... Mon Dieu, était-elle vraiment Emma Saytoux ? Sam s'était ainsi fait son complice, et il était sans doute venu la chercher avant mon retour pour la mettre à l'abri. Il était clair qu'une fois son identité révélée, elle verrait se fermer à tout jamais les portes du milieu. Je suppose que nous ne tarderions pas alors à découvrir pourquoi Samuel détestait autant Adrien. Sans doute sa haine avait-elle un rapport avec Jasmine. De toute façon, je ne tenais pas à en savoir plus sur lui.

J'ai tenté de joindre Weber pour lui faire part de mes découvertes, mais son adjointe m'a répondu qu'il était absent pour quelque temps. Je n'ai pas laissé de message. J'ai décidé d'attendre, comme il me l'avait demandé.

Chapitre 34

Les jours passèrent sans que rien de nouveau ne survienne. Le réveillon de Noël est arrivé et, franchement, cette soirée fut très agréable. Une nouvelle harmonie nous unissait, ma famille et moi. Il y avait longtemps que nous n'avions vécu de si beaux moments ensemble.

Il faut dire qu'Esther avait passé une audition, qui lui avait permis de décrocher un nouvel emploi qui lui plaisait beaucoup. Elle était la nouvelle présentatrice météo du réseau NED, cinq soirs par semaine. Enfin, elle était à l'écran tous les jours. Elle avait réussi à trouver un ton différent de celui des autres présentateurs, et les gens l'appréciaient beaucoup. Elle s'épanouissait avec ce nouveau succès. J'étais reconnaissante à Adrien, car il avait convaincu le directeur de la chaîne de lui faire faire un essai. Bien entendu, elle avait eu le job parce qu'elle avait vraiment du talent, mais il lui avait donné un coup de pouce.

* * *

De mon côté, j'avais beaucoup travaillé sur les spéciaux du temps des fêtes, des émissions de variétés de tous les genres. J'avais dû faire des maquillages de styles très différents : des fées, des elfes, des personnages très âgées, et des animaux de toutes sortes.

Je n'avais reçu aucune nouvelle d'Adrien, et encore moins de Sam. Au début du mois de janvier, des gens sont venus vider l'appartement d'Emmanuelle, et une nouvelle affiche annonçant qu'il était à vendre avait été installée devant l'entrée.

Un lundi matin de février, j'ai été appelée pour remplacer de nouveau Suzie sur *Amour et héritage*. Ainsi je reverrais tout le monde. Les événements survenus en Floride nous avaient rapprochés. J'avais hâte de retrouver l'équipe.

Dès mon arrivée dans la salle de maquillage, Aria est venue vers moi.

— Ah, Gino ! Comme je suis contente. Comment vas-tu ?

— Très bien, et vous ?

— Tu n'as pas vu les nouvelles ?

Elle m'a tendu la main pour que je voie l'énorme diamant qu'elle portait à l'annulaire.

— Oh, félicitations !

— Tu ne me demandes pas qui est l'heureux élu ? Je suis certaine que tu n'en reviendras pas.

Pendant une fraction de seconde j'ai eu peur que la réponse ne me fasse pas plaisir. Mais ce n'était qu'une manifestation de l'ancienne Marjolaine, inquiète et craintive, celle qui sans cesse imaginait le pire.

— Qui est-ce ? ai-je demandé, curieuse.

— Victor... bien sûr. Le vieux bouc. Il m'aimait depuis longtemps et me menait la vie dure... Le gredin... Et moi qui pensais qu'il me détestait ! Que de temps perdu. Tu ne trouves pas ?

— Je vous souhaite beaucoup de bonheur.

— Allez, fais-moi le maquillage de la terrasse... tu sais... fais-moi briller.

Pendant que je la maquillais, Irina, Isabelle, Pierre et Tim ont défilé pour m'embrasser à tour de rôle. Nous étions heureux de nous revoir. Dans la vie de chacun, il sembla que quelque chose avait changé pour le mieux.

La blessure d'Isabelle avait très bien guéri, et j'appris qu'elle était en couple avec Tim. Pierre avait décidé de reprendre ses études. Irina avait postulé pour être la réalisatrice d'un nouveau projet. Il n'y avait que moi qui n'avais rien à raconter. J'étais dans l'attente, et je ne pouvais pas leur parler de ce qui me préoccupait sans trahir Adrien.

C'est Isabelle qui a fini par poser la question.

— Quelqu'un a des nouvelles de Weber ?

— Non, je ne l'ai pas vu, pas même au bureau, nous a répondu Irina.

— J'ai entendu dire qu'il voyageait pour suivre une femme dont il serait amoureux. Une artiste, une musicienne peut-être, a continué Aria.

— Vous pensez ? ai-je fait timidement.

— Oh Guido, tu sais... les rumeurs, m'a-t-elle répondu.

— Une chose est certaine, on n'a aucune nouvelle, a conclu Isabelle.

La journée s'est déroulée sans problème. C'est au moment où nous nous apprêtions à quitter le plateau que chacun de nous a reçu une enveloppe mystérieuse.

Je devais rentrer, mon chien était seul et, depuis le départ d'Emmanuelle, il m'était plus difficile de trouver quelqu'un à qui le confier. Ce n'est donc qu'une fois à la maison que j'ai ouvert mon enveloppe.

* * *

« Mme Marjolaine Vaillancourt,

À la suite des incidents survenus lors du tournage d'*Amour et héritage* à Palm Beach, en Floride, les productions Loup-Garou vous invitent à bénéficier d'une semaine de vacances à leurs frais.

Nous vous proposons quelques dates. Veuillez réserver votre place le plus rapidement possible.

Merci et bonnes vacances !

Alex Limoilou, vice-président

P.-S. : Les chiens sont acceptés. »

On nous proposait trois périodes d'une semaine, et la première débutait quinze jours plus tard à peine. Pourquoi attendre? Quelle belle initiative de leur part! Et puis, nous avions tous besoin de vacances.

Aussitôt, le téléphone a sonné. C'était Esther, qui avait reçu la même lettre que moi. Surexcitée, elle criait de joie.

— Ça, c'est la classe! Houhaaa! C'est trop génial!

— On y va quand?

Cependant, les départs qu'on nous proposait n'étaient pas les mêmes, les dates ne correspondaient pas. Nous avons décidé de ne pas faire d'histoires et de ne pas essayer de les faire changer. J'avais trop hâte de m'évader à nouveau, et l'idée de partir dans deux semaines faisait mon affaire.

— Flûte, tu vas devoir y aller sans moi, Marjo. De toute façon, je ne suis pas libre avant un mois, m'a dit ma sœur. Avec mon nouvel emploi, c'est pas facile.

— Je t'enverrai des photos alors.

Je rêvais déjà de ces quelques jours loin de toute la neige accumulée pendant le mois de février.

Et je pouvais amener Gauguin! J'adorais cette idée. Nous pourrions courir ensemble sur la plage et jouer dans le sable. Il ne se doutait pas encore à quel point il allait aimer ses vacances, mais je savais que lui aussi serait content de voir de l'herbe.

Tous les gens de l'équipe m'ont appelée tour à tour. Nous étions tellement enthousiastes que je n'ai pas prêté attention aux propositions de dates que chacun avait reçues.

J'ai tout organisé et cette fois, j'ai laissé ma clé à la foldingue. Au moins, je savais que je pouvais lui faire confiance. Elle serait trop fière de me montrer qu'elle était plus fiable que notre ancienne voisine.

Je repartais vers le soleil et j'en avais bien besoin. Nous allions dans un endroit tout simple, appelé le Maeva, terme qui signifie « bienvenue » en polynésien. C'était un tout-inclus, mais j'espérais que ce ne soit pas un de ces trucs tellement géants qu'on s'y perd. Mais quand on reçoit un tel cadeau, on ne se plaint pas.

C'est ainsi que deux semaines plus tard, Gauguin et moi prenions l'avion pour Nassau, Bahamas.

Chapitre 35

L'avion s'est posé en douceur. Le ciel était bleu. En descendant sur le tarmac, j'ai senti la délicieuse chaleur du Sud m'envelopper.

Mon nom était écrit sur une pancarte qu'un homme portait à bout de bras. Je lui ai fait signe et il m'a conduite à travers l'aéroport. Il a pris ma valise et le sac du chien. Il m'a ensuite invitée à monter à bord d'une voiture américaine des années cinquante, très colorée. J'ai demandé si d'autres personnes de Montréal devaient venir avec nous. Il a tout simplement répondu :

— Pas aujourd'hui, peut-être demain.

Le paysage était magnifique et j'avais hâte de voir enfin le Maeva. Nous avons roulé jusqu'à un port de taille moyenne où s'élevaient des hangars et des boutiques, et où d'immenses navires de croisières attendaient l'embarquement de passagers.

Il y avait beaucoup d'action. Mais en regardant un peu partout, je ne voyais pas mon hôtel. J'ai demandé à mon chauffeur où celui-ci se situait et il a répondu :

— Non non, le Maeva pas ici.

Il souriait de toutes ses dents et semblait très sympathique.

— Ah… et c'est encore loin ?

— Non, on arrive.

Je ne comprenais pas, jusqu'à ce que je voie une embarcation sur le flanc de laquelle était écrit : *Le Maeva*. C'était une vedette, le genre de bateau qui sert souvent à faire de petits transports.

Nous sommes montés à bord de la navette. Je tentais de contrôler Gauguin qui aboyait contre les goélands qui cherchaient à s'y poser.

Le bateau se mit en route en direction du large. Vingt minutes plus tard, nous nous sommes approchés d'une île, et j'ai aussitôt reconnu l'endroit. C'était celle où nous avions échoué. J'aperçus notre hôtel, celui où nous avions passé la nuit lors de notre mésaventure, en décembre dernier. Il avait été repeint et retapé, l'aménagement paysager avait été refait. La nature y était toujours aussi belle, on avait respecté le style d'origine et l'aspect sauvage des environs.

Un chemin de gravier blanc menait au restaurant, désormais coquet et accueillant. Je me dressai sur le bout des pieds pour tenter de voir le plus de choses possible. Des tables blanches meublaient les terrasses des chambres, c'était vraiment très joli. Sur la plage, des parasols corail semblaient attendre les vacanciers.

Le bateau a accosté. J'ai d'abord déposé Gauguin sur le quai et je suis descendue à mon tour. Un homme venait vers moi. Même de loin, à sa façon si particulière de marcher comme un conquérant, je l'ai aussitôt reconnu.

Je me suis mise à courir dans sa direction pour me jeter dans ses bras. Mon cœur battait si fort que je manquais de souffle. Je ne m'étais pas rendu compte à quel point il m'avait manqué. Il m'a fait reculer d'un pas pour me regarder. Il m'a fixée dans les yeux et il a souri.

— C'est ce regard que j'ai tant espéré, m'a-t-il dit, satisfait. Comme j'en ai rêvé…

Adrien m'a embrassée avec passion et m'a soulevée du sol pour me faire tourner. Quand il s'est arrêté, il a remarqué mon chien, qui nous observait à quelques pas.

— Oh, mais c'est monsieur Gauguin que je vois là !

Il lui a tendu la main et mon chien, pour une fois, a donné la patte. J'ai su que Gauguin était conquis lui aussi.

— Qu'est-ce qui s'est passé ici ?

— Eh bien, j'ai appris que l'hôtel avait dû fermer parce que les propriétaires, trop âgés, ne pouvaient plus s'en occuper. J'ai étudié les chiffres, et tout compte fait, c'était une très bonne affaire. Mon fils m'avait parlé d'un ami originaire des Antilles, qui avait un grand talent de cuisinier. Je l'ai fait venir, tout comme mon fils d'ailleurs.

— C'est à toi ? Tu l'as acheté ?

— Oui. J'ai engagé Alina et c'est son fils, Eddy, qui t'a conduite ici en bateau. On ouvre dans deux semaines. Alors, j'ai voulu que tu sois la première à profiter des lieux.

Je n'en revenais pas. Il avait acheté l'hôtel ! Il l'avait rénové exactement comme nous en avions parlé. Pour qu'il plaise à ceux qui cherchent la paix et la nature.

Nous sommes entrés dans notre chambre. Elle était complètement changée, la terrasse était superbe, les murs repeints, la salle de bains remise à neuf. Il y avait des fleurs partout.

— Si tu savais comme j'ai rêvé à cet endroit, lui ai-je murmuré.

— Et moi, si tu savais comme j'avais hâte de t'y revoir.

Nous nous sommes embrassés et il m'a entraînée vers le lit. La douceur nous enveloppait. Chaque geste était une déclaration d'amour. Ses caresses parlaient de tendresse, ses doigts me disaient des mots affectueux, sa bouche m'affublait de surnoms mignons.

Nos corps se complétaient et cherchaient à s'unir. Je sus dès lors que je ne quitterais plus jamais cet homme. Je voulais me fondre en lui, ne faire plus qu'un, être liée à lui comme le lierre à un arbre.

Il ne se lassait pas de regarder mes yeux, si heureux d'y retrouver les étoiles qu'il y avait entrevues un soir, plus de deux ans auparavant. Cette fois, elles étaient pour lui.

— Est-ce que nous allons pouvoir rester ici un peu ? ai-je demandé.

— Aussi longtemps que tu le voudras. Je t'aime.

— Moi aussi, Adrien… Je t'aime.

— Mais… moi, je t'ai aimée en premier, a-t-il ajouté en riant doucement.

Épilogue

J'ai trouvé un certain équilibre entre mon travail de maquilleuse, où mes besoins créatifs sont comblés, et les quelques semaines que je passe sur notre île, qui viennent compléter le tableau.

Adrien a fait construire pour nous une villa au bout de la plage, sur une pointe de rocher qui s'avance dans l'océan. Le premier étage, vitré, donne sur la mer. Dès qu'on ouvre les immenses fenêtres, le vent du large vient faire valser les rideaux blancs. Au second étage se trouve le bureau de mon amoureux et un atelier qu'il a fait installer en secret, juste à côté. Il avait mis un ruban rouge que j'ai coupé pour y entrer la première fois. Alors une vague d'émotion m'a happée. Il y avait placé tout ce qu'il fallait pour que j'explore mes talents artistiques. Je n'ai qu'à fouiller les étagères de bois clair à la recherche de ce qu'il me faut pour faire mes expériences. Cet univers de lumière donnant sur les eaux turquoise est un véritable paradis. Mon amoureux veut que je laisse aller ma créativité, alors je donne libre cours à mon plaisir d'agencer des couleurs. Plus je m'aventure, et plus je sens que je pourrais délaisser le maquillage un jour pour me consacrer à ce passe-temps. Ces œuvres n'auront d'intérêt que pour moi seule, mais je serai comblée.

Depuis quelques mois, j'ai commencé à travailler pour le Musée d'art de Montréal. Nous courons les expositions à la recherche de nouveaux peintres à découvrir. Ce sont mes moments préférés, Adrien et moi partageons les mêmes passions et nous pouvons discuter de ce que nous avons vu pendant des heures.

Nous avons acheté le condo d'Emmanuelle et celui qui était déjà à vendre pour en faire un immense et magnifique appartement qui nous accueille quand nous sommes à Montréal. Esther y vit pour l'instant, mais elle a rencontré un météorologue avec lequel elle observe les étoiles… Ils songent à s'installer à la campagne, dans un endroit où la lumière des villes ne cache pas la beauté du ciel.

Je n'ai jamais plus entendu parler d'Emmanuelle. J'ai pourtant envoyé un message à Sam, qui travaille sur une importante production américaine à Vancouver. Je lui ai dit que j'aimerais avoir des nouvelles de sa demi-sœur… mais il n'a jamais retourné mes appels. J'imagine que ma situation amoureuse ne doit pas les rassurer, tous les deux. Le blogue d'Emma Saytoux n'a jamais été remis en ligne.

Aujourd'hui, Aria et Victor se sont mariés sur l'île. C'était éblouissant et tout simplement superbe. Photographes et journalistes étaient invités. Curieusement, leur nouvel amour a relancé la série, qui a vu ses cotes d'écoute remonter en flèche.

La future mariée est arrivée en bateau. Elle se tenait à la proue, droite, habillée de blanc, des fleurs multicolores posées en couronne sur ses cheveux qui volaient au vent. Victor l'attendait sur le quai, entouré des invités.

Tous les gens du village ont participé à la décoration. Des allées d'ibiscus et des lanternes donnaient une impression de magie.

Un peu en retrait, je regardais la scène et j'avoue que j'avais les yeux mouillés par l'émotion. Je me trouvais sous un manguier lorsque Gauguin est arrivé en sautillant joyeusement. Il portait pour l'occasion un ruban corail autour du cou. Il s'est assis près de moi, l'air d'attendre quelque chose. Voulait-il que je le prenne ?

Adrien observait la cérémonie à quelques pas et il a fait signe à Gauguin de s'approcher de moi davantage. C'est alors que j'ai aperçu un objet qui pendait à son ruban. Je me suis penchée pour le décrocher. C'était une petite boîte en velours noir. Je l'ai ouverte en tremblant, devinant déjà qu'une bague se trouvait à l'intérieur : un superbe saphir carré, entouré de petits diamants. J'en avais le souffle coupé. Moi qui étais déjà émue, j'ai regardé Adrien sans pouvoir dire un mot.

C'est alors qu'il s'est approché. Il a pris mon visage dans ses mains et m'a souri.

— J'ai pensé louer un avion qui aurait tiré une banderole faisant ma demande à ma place, m'a-t-il expliqué. J'ai imaginé un hélicoptère déversant sur toi cinq mille boutons de roses blanches. J'ai failli t'envoyer des danseurs au réveil, qui t'auraient fait ma proposition dans un tourbillon de tissus… J'ai eu beaucoup d'idées…

mais finalement, il n'y a rien comme la simplicité, c'est toi qui me l'as appris.

Il a déposé un genou au sol et m'a pris la main. Il souriait.

— C'est tout de même assez intimidant, a-t-il avoué en riant doucement, mais voilà… Je ne peux imaginer ma vie sans toi. Tu es tout ce que j'ai toujours voulu… rêvé… imaginé. Tu es ma lumière du matin, mes soupirs de la nuit… tu es mon souffle de vie, ma joie, mon trésor, mon avenir. J'aimerais vraiment… que tu me fasses l'immense, l'incroyable honneur de devenir ma femme.

Bien entendu j'ai dit oui. Il me rend heureuse comme je ne l'ai jamais été. Il y aura sûrement des jours plus difficiles, mais je sais qu'ensemble, nous pourrons braver toutes les tempêtes, puisque nous l'avons déjà fait !

Adrien m'a embrassée et Gauguin a aboyé, encore un peu jaloux, mais quand même heureux pour nous.

Note à moi-même : Toujours avoir des mouchoirs sur moi.

MARQUIS

Québec, Canada

Achevé d'imprimer au Canada
sur papier Enviro 100% recyclé